AF282583

Heinz Ortin 3

Von Markus Zemke

Heinz Ortin 3

Das Amulett des Lichts

von Markus Zemke

Bibliografische Information der Deutschen Nationalbibliothek: Die Deutsche Nationalbibliothek verzeichnet diese Publikation in der Deutschen Nationalbibliografie; detaillierte bibliografische Daten sind im Internet über www.dnb.de abrufbar.

1. Auflage, 2023

© 2023 Markus Zemke alle Rechte vorbehalten.

Herstellung und Verlag

BoD - Books on Demand, Norderstedt

Lektorat: Papyrus Autor (http://www.papyrus.de)

ISBN 9783758322945

Vorwort

Normalerweise liest niemand das Vorwort, weshalb man dort reinschreiben kann, was man will. :)

Nun hatte Heinz schon einiges überstehen müssen und jetzt auch noch zwei Kinder dazu bekommen. Bei mir lief es ähnlich. Ich musste mich von ein paar Katzen verabschieden. Jetzt habe ich aber wieder zwei kleine Kater dazu bekommen. Der eine scheint ein wahrer Engel zu sein und der andere ein Teufel. So haben mich die beiden Kerle zu einigen Dingen in der Geschichte inspiriert.

Heinz ist mit seiner Frau und seinen Kindern auf der Suche nach dem Amulet, das ihrem Sohn helfen kann die Dunkelheit zu überwinden. Dabei erleben sie viele aufregende Abenteuer.

Ich wünsche Ihnen viel Spaß beim Lesen dieses Buches.

Übrigens, Sie haben das Vorwort ja doch gelesen.

Inhaltsverzeichnis

Das Erwachen der Finsternis

Die Sonne ging langsam über dem malerischen Dorf auf, als die Bewohner sich zu einer besonderen Feier versammelten. Es war der erste Geburtstag von Hope, der kleinen Tochter von Heinz und Amara. Die Dorfgemeinschaft hatte sich liebevoll um die Vorbereitungen gekümmert, und die Festlichkeiten begannen mit fröhlichem Gesang und bunten Girlanden.

Währenddessen spielte Eamon, der Sohn von Lysandra und Heinz, etwas abseits der Menge. Er war ein aufgewecktes Kind mit dunklen Haaren und den leuchtend blauen Augen seiner Mutter. Doch in den letzten Monaten hatten sich seine Kräfte immer weiter entwickelt. Eamon spürte, dass etwas in ihm brodelte, irgendetwas, das er nicht verstand.

Amara und Heinz beobachteten Eamon besorgt. Sie wussten, dass seine finsteren Kräfte mit jedem Tag stärker wurden. Heinz erinnerte sich an den Rat der Anführerin des Feenvolkes, dass Eamon ein Katalysator für die Finsternis war und dass sie nach dem Tempel des Lichts suchen sollten, um ein Amulett zu finden, das ihm helfen konnte, seine Kräfte zu kontrollieren.

„Amara, wir müssen den Tempel des Lichts finden", sagte Heinz leise zu seiner Frau, als sie Seite an Seite standen und Eamon beobachteten.

Amara nickte nachdenklich. „Ja, du hast recht. Eamon wird älter, und seine Kräfte nehmen zu. Wir dürfen nicht zulassen, dass die Finsternis ihn überwältigt."

Die beiden beschlossen, sich nach der Feier auf den Weg zu machen, um den Tempel des Lichts zu finden. Sie wussten, dass es eine gefährliche Reise werden würde, aber sie würden alles tun, um Eamon zu schützen.

Während der Feier bemerkten sie, dass Eamons Kräfte sich unkontrolliert zu entladen schienen. In einem unbeobachteten Moment geriet eine seiner finsteren Energieentladungen außer Kontrolle und traf Hope. Die kleine Hope schrie vor Schmerz, und ihre Eltern eilten sofort zu ihr.

Heinz und Amara waren zutiefst erschrocken und verängstigt über das, was passiert war. Sie hatten gehofft, dass Eamon seine Kräfte besser unter Kontrolle hätte, aber stattdessen hatten sie das Leben ihrer eigenen Tochter gefährdet.

„Ich kann das nicht ertragen", flüsterte Amara, während sie Hope zärtlich in den Armen hielt. „Wir müssen schnell den Tempel des Lichts finden und dieses Amulett bekommen, bevor Eamons Kräfte noch mehr Schaden anrichten."

Heinz nickte entschlossen. „Du hast recht. Wir werden uns sofort auf den Weg machen."

Die Dorfgemeinschaft feierte weiter, aber in den Herzen von Heinz und Amara war die Sorge um ihre Kinder präsent. Sie wussten, dass ihre Reise gefährlich sein würde, dennoch hatten sie keine andere Wahl. Ihr einziger Gedanke war es, Eamon zu helfen, seine finsteren Kräfte zu kontrollieren und die Finsternis in ihm zu bezwingen.

Die Sonne neigte sich langsam dem Horizont entgegen, als Heinz und Amara sich auf den Weg machten. Die Reise zum Tempel des Lichts würde eine Herausforderung sein, aber sie waren bereit, alles zu riskieren, um ihre Kinder zu beschützen. Die Liebe und Sorge, die sie für Eamon und Hope empfanden, trieb sie an, weiterzumachen und die Dunkelheit zu besiegen, die in ihrem Sohn lauerte.

Und so begann ihre Reise, eine Reise voller Gefahren und Abenteuer, die sie zum Tempel des Lichts führen würde. Sie wussten, dass sie noch viele Prüfungen bestehen mussten, aber sie würden nicht aufgeben. Denn die Liebe eines Elternteils war stärker als jede Dunkelheit, und sie würden alles tun, um ihre Kinder zu retten.

Das Geheimnis der Bibliothek

Heinz und Amara hatten sich entschieden, ihre Kinder, Eamon und Hope, auf ihrer gefährlichen Reise zum Tempel des Lichts mitzunehmen. Obwohl es eine riskante Entscheidung war, konnten sie ihre Kinder nicht zurücklassen, und sie vertrauten darauf, dass die Gemeinschaft im Dorf sie unterstützen würde, während sie fort waren.

Ihre erste Anlaufstelle war eine alte Bibliothek, von der sie gehört hatten, dass sie geheimes Wissen über den Tempel des Lichts enthalten sollte. Sie hofften, dort Antworten auf ihre Fragen zu finden und eine Spur zu haben, wie sie den Tempel finden konnten.

Die Bibliothek war ein beeindruckendes Gebäude, das von den Elementen der Zeit gezeichnet war. Die Türen ächzten, als Heinz sie öffnete, und das Innere war mit Büchern und Schriften gefüllt, die Jahrhunderte des Wissens und der Weisheit enthielten.

„Heinz, wo sollen wir anfangen?", fragte Amara, als sie die Regale voller Bücher betrachteten. „Es gibt so viele Informationen hier, dass es Jahre dauern könnte, alles durchzugehen."

„Wir müssen uns auf den Tempel des Lichts konzentrieren", erwiderte Heinz. „Wir sollten nach alten Schriften oder Aufzeichnungen suchen, die uns Informationen über seinen Standort geben könnten."

Gemeinsam begannen sie, die Regale zu durchsuchen, in der Hoffnung, ein Buch oder eine Schriftrolle zu finden, die ihnen helfen könnte. Nach einiger Zeit stieß Amara auf ein altes Buch, dessen Seiten verblasst und das Leder abgenutzt waren.

„Heinz, schau mal!", rief sie aufgeregt. „Ich habe etwas gefunden!"

Heinz kam zu ihr und nahm das Buch in die Hand. Als er es öffnete, sah er, dass die Worte auf den Seiten kaum noch zu erkennen waren, als ob sie über die Jahrhunderte verblasst wären.

„Es scheint, als ob dieses Buch sehr alt ist", bemerkte Heinz. „Die Worte sind fast verschwunden."

Amara untersuchte die Seiten genauer und sah, dass einige Fragmente noch lesbar waren.

„Von Dunkelheit verschlungen - Ein finsterer Ort - Wo kein Leben zu finden - Hört auf des Mannes Wort", las sie laut vor. „Aber was bedeutet das?"

Heinz runzelte die Stirn, als er die Fragmente in seinem Kopf zusammensetzte. „Es klingt wie eine Art Rätsel oder Hinweis. Vielleicht führt es uns zu einem Ort, an dem wir weitere Informationen finden können."

„Es ist ein Anfang", stimmte Amara zu. „Aber es ist immer noch rätselhaft. Wo sollen wir nach einem finsteren Ort suchen, an dem kein Leben zu finden ist?"

Sie begannen, andere Bücher zu durchsuchen, in der Hoffnung, mehr Hinweise zu finden. Stunden vergingen, aber sie schienen keine weitere Spur zu finden.

Schließlich beschlossen sie, die Bibliothek zu verlassen und nach draußen zu gehen. Vielleicht konnten sie jemanden finden, der ihnen helfen konnte, die Rätsel zu entschlüsseln.

Doch als sie die Bibliothek verließen, war das Dorf wie ausgestorben. Es schien, als ob niemand hier war, den sie um Rat fragen konnten.

Heinz und Amara waren frustriert und ratlos. Sie wussten nicht, wohin sie als nächstes gehen sollten und wie sie den Tempel des Lichts finden könnten.

„Wie sollen wir weitermachen?", fragte Amara verzweifelt.

Heinz nahm ihre Hand und versuchte, sie zu beruhigen. „Wir werden eine Lösung finden, Amara. Wir müssen nur Geduld haben und weiter suchen. Vielleicht finden wir jemanden, der uns helfen kann."

Amara nickte, aber sie war besorgt. Die Zeit verging, und sie hatten das Gefühl, dass ihre Reise immer gefährlicher wurde, je länger sie dauerte. Aber sie waren fest entschlossen, ihre Kinder zu beschützen und das Geheimnis des Tempels des Lichts zu lüften.

Und so machten sie sich erneut auf den Weg, auf der Suche nach Antworten und einem Weg, Eamon zu helfen, seine finsteren Kräfte zu kontrollieren. Ihre Reise war noch lange nicht vorbei, und sie waren entschlossen, alles zu tun, um das Gleichgewicht zwischen Licht und Finsternis wiederherzustellen.

Die Brücke der Schatten

Heinz und Amara setzten ihre Reise fort, fest entschlossen, den Tempel des Lichts zu finden und Eamon zu helfen, seine finsteren Kräfte zu kontrollieren. Doch als sie weiter vorankamen, stießen sie auf eine gefährliche Brücke, die von schattenhaften Kreaturen bewacht wurde.

Die Brücke war düster und unheimlich, umgeben von dichtem Nebel und Dunkelheit. Schattenhafte Gestalten huschten umher und bewegten sich mit beängstigender Geschwindigkeit.

„Das sieht gefährlich aus", sagte Amara, als sie die Brücke betrachteten. „Diese Kreaturen sind schnell und verschwinden immer wieder im Nebel."

Heinz nickte zustimmend. „Ja, das wird nicht einfach. Aber wir müssen diese Brücke überqueren, um weiterzukommen."

Die schattenhaften Kreaturen waren Meister der Illusionen und Täuschungen. Sie konnten sich mühelos in der Dunkelheit verbergen und ihre

Feinde verwirren. Wenn man nicht aufpasste, konnte man leicht in eine Falle geraten.

„Wir müssen vorsichtig sein und unsere Sinne schärfen", sagte Heinz. „Diese Kreaturen können uns leicht in die Irre führen."

Amara zog ihr Schwert und hielt es fest in der Hand. „Bereit, wenn du es bist."

Gemeinsam betraten sie die Brücke und spürten sofort die bedrohliche Präsenz der schattenhaften Kreaturen um sie herum. Die Kreaturen bewegten sich so schnell, dass sie kaum zu erkennen waren, und sie erzeugten Illusionen, die Heinz und Amara verwirrten.

„Heinz, pass auf!", rief Amara, als eine schatten-hafte Gestalt plötzlich aus dem Nebel auftauchte und auf sie zustürmte.

Heinz wich geschickt aus und versuchte, die Kreatur mit einem Blitzzauber zu treffen, doch sie verschwand schnell wieder im Nebel.

„Sie sind zu schnell!", stellte Heinz fest. „Wir müssen einen anderen Weg finden, um sie zu besiegen."

Amara überlegte einen Moment und sagte dann: „Vielleicht können wir ihre Illusionen gegen sie verwenden. Wenn wir ihre Täuschungen durchschauen, könnten wir einen Weg finden, sie zu besiegen."

Heinz nickte zustimmend. „Du hast Recht. Wir müssen uns auf unsere Instinkte und unsere Verbindung zueinander verlassen."

Gemeinsam begannen sie, die Illusionen zu durchschauen und die wahren Bewegungen der schattenhaften Wesen zu erkennen. Heinz konzentrierte sich auf die Verwendung seiner Erdmagie, um die Brücke zu stabilisieren und die Geschöpfe zu verlangsamen, während Amara ihre Kämpferfähigkeiten einsetzte, um die Kreaturen abzuwehren.

„Wir schaffen das!", rief Amara, als sie die Kreaturen mit ihren Angriffen in Schach hielt.

Heinz nickte und konzentrierte sich auf seine Magie. „Gemeinsam werden wir es schaffen!"

Die beiden arbeiteten Hand in Hand und schafften es, die schattenhaften Kreaturen zu besiegen und die Brücke sicher zu überqueren. Sie waren erleichtert, als sie die andere Seite erreichten und sich einen Moment lang ausruhen konnten.

„Das war knapp", sagte Amara, als sie sich den Schweiß von der Stirn wischte.

Heinz lächelte und nahm ihre Hand. „Aber wir haben es geschafft. Wir sind ein gutes Team."

Amara lächelte zurück und drückte seine Hand fest. „Ja, das sind wir."

Sie wussten, dass sie noch viele Herausforderungen vor sich hatten, aber sie waren zuversichtlich, dass sie sie gemeinsam meistern würden. Mit neuer Entschlossenheit und vereinten Kräften setzten sie ihre Reise zum Tempel des Lichts fort, in der Hoffnung, Antworten und eine Lösung für Eamons wachsende Kräfte zu finden.

Das Rätsel der verlassenen Stadt

Die Nacht war hereingebrochen, und Heinz, Amara und ihre Kinder befanden sich in einer verlassenen Stadt. Die Finsternis umhüllte sie so dicht, dass sie kaum die Hand vor den Augen sehen konnten. Alles schien still und tot zu sein, und eine unheimliche Stille lag in der Luft.

„Heinz, das ist wirklich unheimlich hier", flüsterte Amara, als sie sich umsahen. „Es ist so dunkel und still."

Heinz nickte zustimmend und sagte: „Ja, es ist beunruhigend. Aber vielleicht finden wir in einem der Häuser einen sicheren Ort, um die Nacht zu verbringen."

Sie begannen, nach einem geeigneten Unterschlupf zu suchen, als Heinz plötzlich innehielt und sich an etwas erinnerte. „Amara, erinnerst du dich an die Bruchstücke, die wir in der Bibliothek gefunden haben? ,Von Dunkelheit verschlungen - Ein finsterer Ort - Wo kein Leben zu finden - Hört auf des Mannes Wort.'"

Amara nickte nachdenklich. „Ja, das klingt nach dieser Stadt. Aber was könnten diese Worte bedeuten?"

Während sie darüber nachdachten, beschlossen sie, ein verlassenes Haus zu betreten, um dort Schutz zu suchen. Doch im Inneren trafen sie auf einen mysteriösen alten Mann, der allein in einem Raum saß.

Der alte Mann hatte eine düstere Ausstrahlung, aber gleichzeitig wirkte er weise und geheimnisvoll. Er sah auf, als sie eintraten, und ein leichtes Lächeln huschte über sein Gesicht.

„Willkommen in der verlassenen Stadt", sagte der alte Mann mit einer rauchigen Stimme. „Ihr sucht Antworten, nicht wahr?"

Heinz und Amara waren überrascht, dass der Mann anscheinend wusste, wonach sie suchten, und nickten stumm.

„Lasst mich euch Hinweise geben", fuhr der alte Mann fort. „Bleibt auf dem grünen Pfad, das ist der Schlüssel. Setzt Magie nie leichtfertig ein, denn sie kann euch sowohl schützen als auch gefährden. Und erinnert euch daran, dass die Finsternis aus dem Nichts auftaucht, unerwartet und unberechenbar."

Heinz und Amara tauschten einen Blick aus und fragten sich, was diese Hinweise bedeuten könnten. Doch der alte Mann erklärte nicht weiter, sondern lehnte sich zurück und betrachtete sie schweigend.

„Heinz, was sollen wir mit diesen Hinweisen anfangen?", fragte Amara leise.

Heinz dachte einen Moment nach und antwortete: „Vielleicht haben diese Hinweise mit dem Weg zum Tempel des Lichts zu tun. Vielleicht müssen wir den grünen Pfad finden und vorsichtig mit unserer Magie umgehen."

Amara nickte nachdenklich. „Ja, das klingt sinnvoll. Aber wie finden wir den grünen Pfad?"

Der alte Mann lächelte wieder und sagte: „Die Antwort liegt in eurem Herzen. Folgt eurer Intuition und hört auf eure Instinkte."

Mit diesen Worten erhob er sich langsam von seinem Platz und ging zur Tür.

„Ihr seid auf dem richtigen Weg", sagte er, bevor er hinausging und in der Dunkelheit verschwand.

Heinz und Amara sahen ihm nach und waren sich sicher, dass dieser alte Mann mehr wusste, als er preisgegeben hatte. Doch sie beschlossen, seine Ratschläge zu beherzigen und sich auf ihre Intuition zu verlassen.

Die Nacht verbrachten sie im verlassenen Haus, und während sie sich ausruhten, diskutierten sie über die Hinweise und wie sie diese auf ihre Suche anwenden könnten. Sie waren entschlossen, den grünen Pfad zu finden und vorsichtig mit ihrer Magie umzugehen, um sicherzustellen, dass sie den Tempel des Lichts erreichen und Eamon helfen konnten, seine Kräfte zu kontrollieren.

Verwunschener Friedhof

Am nächsten Morgen brachen Heinz, Amara und ihre Kinder nach einem einfachen Frühstück auf. Sie hatten die Hinweise des alten Mannes im Hinterkopf und waren entschlossen, den grünen Pfad zu finden und vorsichtig mit ihrer Magie umzugehen.

Der einzige Weg aus der verlassenen Stadt führte über einen düsteren Friedhof. Die alten Grabsteine und die trüben Nebelschwaden verliehen dem Ort eine gespenstische Atmosphäre. Amara spürte, wie sich ihr Herz ein wenig zusammenzog, als sie den Friedhof betrat.

„Seid ihr sicher, dass wir hier entlang gehen müssen?", fragte sie zögernd.

Heinz nickte und erklärte: „Ja, das ist der einzige Weg aus der Stadt heraus. Wir müssen weitergehen, und ich bin sicher, wir schaffen das."

Sie gingen weiter, und als sie den Friedhof betraten, bemerkten sie sofort, dass es kein Zurück mehr gab. Der Weg hinter ihnen war verschwunden, und sie konnten nur noch vorwärts gehen.

Plötzlich tauchte vor ihnen ein gewaltiger Drache auf. Seine schuppige Haut glänzte im Licht der aufgehenden Sonne, und seine Augen funkelten gespannt.

„Ihr könnt diesen Friedhof nur passieren, wenn ihr mein Rätsel löst", donnerte der Drache. „Antwortet falsch, und ich werde euch aufhalten."

Heinz und Amara tauschten einen Blick aus, bereit für die Herausforderung.

„Stellt euer Rätsel", sagte Heinz mutig.

Der Drache grinste und sprach: „Ich bin in Dämmerung und Tod gehüllt, doch in mir liegt ein Geheimnis der Ewigkeit. Wer bin ich?"

„Heinz, es könnte ein Schatten sein", schlug Amara vor.

Heinz überlegte und antwortete: „Ja, das könnte sein. Aber es könnte auch ein Grabstein sein, oder nicht?"

Amara nickte zustimmend. „Ja, ein Grabstein passt auch zur Beschreibung. Aber vielleicht ist es auch die Nacht selbst, oder ein Nebel."

Sie überlegten weiter und kamen auf eine fünfte Möglichkeit.

„Oder könnte es die Zeit sein?", fragte Heinz.

Amara nickte nachdenklich. „Ja, die Zeit könnte auch gemeint sein. Es ist schwer zu sagen."

Der Drache sah geduldig zu, wie sie überlegten, und endlich entschieden sie sich.

„Wir glauben, dass die richtige Antwort ‚Ein Grabstein' ist", erklärte Amara.

Der Drache lächelte und sagte: „Das ist korrekt. Ihr könnt passieren."

Die Erleichterung war Heinz und Amara anzusehen, als der Drache ihnen den Weg freigab. Sie gingen weiter, während der Drache ihnen nachsah.

„Das Rätsel war eine Prüfung des Geistes", murmelte Heinz.

Amara nickte zustimmend. „Ja, und es scheint, als ob der alte Mann uns wirklich auf diese Reise geschickt hat, um uns zu testen."

Der Weg führte sie weiter durch den verwunschenen Friedhof, da trat plötzlich ein majestätisches Einhorn vor sie. Sein weißes Fell glänzte im fahlen Licht des Friedhofs, und seine Augen strahlten eine geheimnisvolle Weisheit aus.

„Ihr könnt diesen Friedhof nur passieren, wenn ihr mein Rätsel löst", sprach das Einhorn mit sanfter Stimme. „Antwortet falsch, und ihr könnt nicht weitergehen."

Die Augen von Heinz und Amara weiteten sich, als sie die Herausforderung annahmen. Sie waren bereit, ihr Bestes zu geben.

„Stellt euer Rätsel", bat Heinz.

Das Einhorn neigte den Kopf und sprach: „Ich bin weiß und lautlos, fliege hoch am Himmel. Sorge dafür, dass die Nacht zum Tag wird. Was bin ich?"

„Heinz, es könnte ein Schwan sein", schlug Amara vor.

Heinz überlegte und antwortete: „Ja, ein Schwan passt zur Beschreibung. Aber es könnte auch ein Adler sein, oder nicht?"

Amara nickte zustimmend. „Ja, ein Adler könnte es auch sein. Aber vielleicht ist es auch ein Falke oder eine Taube."

Sie überlegten weiter und kamen auf eine fünfte Möglichkeit.

„Oder könnte es eine Eule sein?", fragte Heinz.

Amara dachte nach und lächelte schließlich. „Ja, eine Eule ist die richtige Antwort. Sie sind weiß und lautlos, fliegen hoch am Himmel und sorgen dafür, dass die Nacht zum Tag wird, indem sie auch bei Dunkelheit sehen können."

Das Einhorn nickte anerkennend und erklärte: „Das ist korrekt. Ihr könnt passieren."

Heinz und Amara waren erleichtert, als das Einhorn ihnen den Weg freigab. Sie bedankten sich und gingen weiter, während das Einhorn sie mit seinen sanften Augen verfolgte.

Sie wanderten weiter durch den verwunschenen Friedhof, immer noch fasziniert von den Prüfungen, denen sie begegneten.

Heinz und Amara legten erst einmal eine Pause ein, damit die Kinder sich ausruhen konnten. Hope war so aufgeregt von dem Einhorn, das sie noch etwas weiter lief und voller erstaunen „Mama, Papa. Hier Mann-Pferd!", rief. Darauf liefen sie zu ihrer Tochter und vor ihnen stand ein mächtiger Zentaur, sein menschlicher Oberkörper imposant und stark, während sein pferdeartiger Körper majestätisch war.

„Ihr könnt diesen Friedhof nur passieren, wenn ihr mein Rätsel löst", sagte der Zentaur mit tiefer Stimme. „Antwortet falsch, und ihr könnt nicht weitergehen."

Heinz und Amara wussten, dass sie wieder ihr Bestes geben mussten, um die Prüfung zu bestehen.

„Stellt euer Rätsel", sagte Heinz zuversichtlich.

Der Zentaur fixierte sie mit seinen klugen Augen und sprach: „Ich bewege mich fort, doch bleibe immer an meinem Platz. Das Leben verlasse ich niemals, auch wenn der Körper vergänglich ist. Was bin ich?"

„Ein Schatten könnte es sein", schlug Amara vor.

Heinz nickte nachdenklich. „Ja, ein Schatten passt zur Beschreibung. Er bewegt sich mit der Person, bleibt aber immer an seinem Platz. Und selbst wenn der Körper stirbt, bleibt der Schatten bestehen."

Doch Heinz kam auch auf eine andere Idee. „Vielleicht ist es die Erinnerung. Sie geht mit uns durch das Leben und bleibt immer in unseren Gedanken, auch wenn der Körper vergeht."

Amara überlegte und stimmte zu. „Ja, die Erinnerung könnte es auch sein. Aber ich denke, die Zeit könnte auch eine Möglichkeit sein. Sie bewegt sich unaufhörlich voran, doch bleibt sie immer existent und unveränderlich, selbst wenn die Menschen kommen und gehen."

Die beiden diskutierten weiter und kamen schließlich zu einer Entscheidung.

„Unsere Antwort ist: Ein Schatten", erklärte Heinz entschlossen.

Der Zentaur lächelte und nickte. „Das ist richtig. Ihr könnt passieren."

Er gab ihnen den Weg frei, und Heinz und Amara dankten ihm für die Prüfung. Während sie weitergingen, fühlten sie sich bestärkt, dass sie den richtigen Weg eingeschlagen hatten.

Heinz und Amara setzten ihren Weg auf dem verwunschenen Friedhof fort. Als sie weitergingen, fanden sie sich plötzlich vor einer funkelnden Quelle wieder. Aus dem Wasser erhob sich eine wunderschöne Nixe mit langen, fließenden Haaren und strahlenden Augen. Ihr Gesicht strahlte Güte und Weisheit aus.

„Ihr seid mutig, den Weg durch diesen Friedhof zu suchen", sprach die Nixe in sanften Tönen. „Doch bevor ich euch weitergehen lasse, müsst ihr mein Rätsel lösen."

Heinz und Amara spürten, dass dies eine Prüfung von besonderer Bedeutung war, und sie fokussierten sich darauf, das Rätsel zu entschlüsseln.

„Ich komme rückwärts zur Welt, wachse mit jedem Schritt. Wenn du mich siehst, bedeutet es, dass du mich verlassen hast. Wer bin ich?"

Die beiden tauschten einen bedeutungsvollen Blick aus.

„Eine Erinnerung kommt rückwärts zur Welt", sagte Amara nachdenklich. „Wir erinnern uns an vergangene Ereignisse, und je mehr wir uns erinnern, desto mehr wächst unser Wissen."

Heinz stimmte zu, aber er brachte eine andere Möglichkeit ins Spiel. „Vielleicht ist es die Vergangenheit. Sie kommt rückwärts zur Welt, wenn wir uns an sie erinnern, und sie wächst mit jedem Schritt, den wir auf unserem Lebensweg machen."

Amara dachte einen Moment lang nach. „Ja, die Vergangenheit könnte es sein. Aber ich glaube auch, dass es der Fußabdruck sein könnte. Er entsteht, wenn wir einen Schritt machen und bleibt zurück, wenn wir den Ort verlassen haben."

Heinz nickte anerkennend. „Das könnte auch sein. Der Fußabdruck ist immer da, wenn wir einen Schritt gemacht haben und uns von dem Ort entfernt haben."

Sie wogen die Möglichkeiten sorgfältig ab und kamen zu einer Entscheidung.

„Unsere Antwort ist: Ein Fußabdruck", erklärte Amara mit Zuversicht.

Ein Lächeln der Zustimmung erschien auf dem Gesicht der Nixe. „Das ist korrekt. Ihr dürft den Friedhof verlassen und euren Weg fortsetzen."

Die Barriere verschwand und enthüllte einen Rasenweg, der sie tiefer in das verwunschene Land führte. Heinz und Amara dankten der Nixe und machten sich auf den Weg. Die Prüfungen hatten sie gestärkt, und sie wussten, dass sie nun dem Tempel des Lichts näher kamen. Doch sie waren sich auch bewusst, dass weitere Herausforderungen und Rätsel auf sie warten würden, während sie dem grünen Pfad folgten.

Das verwunschene Labyrinth

Heinz und Amara betraten das Labyrinth, dessen verworrene Wege von verschiedenfarbigen Blumen gesäumt waren. Die Blüten leuchteten in lebendigen Farben - Rot, Blau, Gelb und Weiß - und verbreiteten einen zauberhaften Glanz in der düsteren Umgebung. Die beiden wussten, dass es eine Prüfung war, die es zu meistern galt, um dem Tempel des Lichts näher zu kommen.

„Lasst uns achtsam sein und unsere Schritte sorgfältig wählen", sagte Amara mit Entschlossenheit. „Wir müssen die Farben der Blumen im Auge behalten und darauf achten, wie sich die Wände bewegen, wenn wir die Wege betreten."

Die beiden begannen ihre Reise durch das Labyrinth und gingen vorsichtig von Weg zu Weg. Als sie den ersten Pfad mit roten Blumen betraten, spürten sie, wie sich die Wände um sie herum nach Osten verschoben.

„Heinz, sieh mal!", rief Amara aus. „Die roten Blumen bewirken, dass sich die Wände nach Osten bewegen."

Heinz nickte und führte sie weiter durch das Labyrinth. Als sie den nächsten Weg betraten, der von blauen Blumen gesäumt war, bemerkten sie, wie sich die Wände nach Süden bewegten.

„Also bewegen sich die blauen Blumen die Wände nach Süden", bemerkte Heinz.

Sie setzten ihren Weg fort und begegneten dann den gelben Blumen. Als sie diesen Weg betreten, sahen sie, wie sich die Wände nach Westen verschoben.

„Gelbe Blumen bewirken eine Verschiebung nach Westen", stellte Amara fest.

Schließlich kamen sie zu den weißen Blumen und beobachteten, wie sich die Wände nach Norden bewegten, als sie den Weg mit diesen Blumen betraten.

„Wie interessant! Die weißen Blumen führen zu einer Verschiebung nach Norden", bemerkte Heinz.

Als sie weitergingen, stellten sie fest, dass sie manchmal vor Wegen standen, die kein Blumenmeer hatten, sondern nur grünes Gras. Als sie einen dieser Wege betraten, verschwanden die Hindernisse, und die Wände um sie herum öffneten sich.

„Grünes Gras, der grüne Weg - das ist der Weg ohne Hindernisse!", rief Amara erfreut aus.

Von nun an suchten sie nach den Wegen mit dem grünen Gras und navigierten vorsichtig durch das Labyrinth. Sie schienen den Dreh herauszubekommen, wie sie die Wände steuern konnten und wie sie die Hindernisse überwinden konnten.

Nach Stunden der Erkundung und intensiven Denkens erreichten sie schließlich das Herz des Labyrinths. Vor ihnen lag eine glänzende Lichtquelle, die den Weg zum Tempel des Lichts wies.

„Heinz, wir haben es geschafft! Wir haben den Weg durch das Labyrinth gemeistert", sagte Amara erleichtert.

Heinz nickte zustimmend und lächelte. „Ja, mein Herz, wir haben es gemeinsam geschafft. Der grüne Weg hat uns ans Ziel geführt."

Gefangen in der Magierjagd

Heinz und Amara waren immer noch von der Erleichterung erfüllt, dass sie das verwunschene Labyrinth erfolgreich gemeistert hatten, als plötzlich eine Menschenmenge aus den Schatten hervortrat und sie umzingelte. Die Dorfbewohner schrien und warfen wütende Blicke auf die beiden Magier.

„Was habt ihr in unserem Dorf zu suchen?", rief einer der Dorfbewohner zornig. „Magier sind hier nicht willkommen!"

„Weißt du nicht, dass auf jeden Magier, der gefangen wird, eine hohe Belohnung ausgesetzt ist?", fügte ein anderer hinzu und funkelte Heinz und Amara böse an.

„Heinz, wir müssen hier weg!", flüsterte Amara ihrem Partner zu. „Aber wie? Sie umzingeln uns!"

„Wir müssen unsere Magie einsetzen, aber auf eine Weise, dass sie uns nicht verfolgen können", erwiderte Heinz entschlossen.

Die beiden Magier konzentrierten sich und beschlossen, ihre Kräfte zu kombinieren, um eine Ablenkung zu schaffen und aus der Umklammerung zu entkommen. Amara begann, eine Illusion zu weben, während Heinz die natürlichen Elemente um sie herum beeinflusste.

„Heinz, ich werde eine Illusion von uns erschaffen, die in die entgegengesetzte Richtung flieht. Das sollte sie ablenken und uns einen Vorsprung verschaffen", erklärte Amara.

„Ja, das ist eine gute Idee", stimmte Heinz zu. „Ich werde das Element Luft nutzen, um unsere Fußabdrücke zu verwischen und sie in die Irre zu führen. Hoffentlich werden sie uns nicht folgen können."

Amara begann ihre Illusion zu wirken, während Heinz mit der Luftenergie um sie herum interagierte. Die Dorfbewohner schienen von der Illusion getäuscht zu sein und folgten den falschen Spuren, die in die entgegengesetzte Richtung führten.

„Schnell, Amara, wir müssen jetzt fliehen!", rief Heinz und zog Amara mit sich.

Sie rannten, so schnell sie konnten, während sie ihre Magie weiterhin einsetzten, um ihre Spuren zu verwischen und die Dorfbewohner hinter sich zu lassen. Nach einer langen Verfolgungsjagd gelang es ihnen, sich erfolgreich zu verstecken und sich in einem abgelegenen Teil des Dorfes zu verbergen.

„Das war knapp!", keuchte Amara, während sie sich an einer Hauswand lehnte.

„Ja, aber wir haben es geschafft", lächelte Heinz stolz. „Jetzt müssen wir einen Plan machen, um aus diesem Dorf zu entkommen, bevor sie uns wieder finden."

Die beiden Magier beschlossen, den Dorfbewohnern einen Schritt, voraus zu sein, indem sie ihre

Kräfte nutzen, um unbemerkt das Dorf zu verlassen. Mit List und Tücke gelang es ihnen, die Wachen zu umgehen und sich heimlich in die Nacht zu schleichen.

„Heinz, ich bin so froh, dass wir entkommen konnten", sagte Amara erleichtert.

„Ja, aber wir müssen vorsichtig sein. Die Dorfbewohner werden uns weiterhin jagen, solange sie die Belohnung ausgesetzt haben", erwiderte Heinz nachdenklich.

Das verborgene Erbe

Nach einem langen, anstrengenden Marsch durch die dichte Wildnis wurden Heinz, Amara und ihre Kinder von einem heftigen Gewitter überrascht. Die Regentropfen prasselten heftig auf sie herab, während die Donner die Luft erzittern ließen. Eilig suchten sie nach einem sicheren Ort, um Schutz vor dem Unwetter zu finden.

In der Ferne entdeckten sie eine uralte Höhle, deren Eingang von wildem Efeu und moosbedeckten Steinen verdeckt wurde.

„Das ist unsere Chance, vor dem Unwetter zu fliehen", sagte Heinz und drängte die Gruppe in die Höhle.

Als sie in die dunkle Höhle eintraten, spürten sie sofort eine unheimliche Aura. Die Höhle war mit uralten Schriftzeichen und seltsamen Symbolen verziert. Es war offensichtlich, dass dies kein gewöhnlicher Ort war.

„Wer weiß, was für magische Geheimnisse diese Höhle birgt?", murmelte Amara und trat vorsichtig weiter hinein.

Während sie tiefer in die Höhle vordrangen, entdeckten sie mehrere magische Artefakte, die auf steinernen Podesten ruhten. Diese Artefakte waren in einem geheimnisvollen, schimmernden Licht gehüllt, und ihre Macht war spürbar.

Das erste Artefakt, das ihre Aufmerksamkeit erregte, war ein magischer Bogen. Amara, die eine begabte Bogenschützin war, war sofort fasziniert von dem strahlenden, silbrig leuchtenden Bogen. Er hatte kunstvoll verzierte Gravuren auf seinem Bogenblatt und einen handgefertigten Griff aus edlem Holz.

„Heinz, schau mal, was für ein wunderschöner Bogen!", flüsterte Amara aufgeregt.

„Ja, er sieht tatsächlich beeindruckend aus", stimmte Heinz zu und untersuchte das Artefakt genauer. „Aber sei vorsichtig, Amara. Wer weiß, welche Kräfte er birgt und wie gefährlich er sein kann."

Amara war jedoch so fasziniert von dem Bogen, dass sie ihre Bedenken vorerst beiseite schob. Sie nahm den Bogen behutsam in die Hand und spürte, wie eine leichte, warme Energie durch ihre Finger strömte.

„Er fühlt sich irgendwie vertraut an", murmelte Amara. „Ich habe das Gefühl, als ob er schon immer zu mir gehört hätte."

„Vielleicht ist er für dich bestimmt", überlegte Heinz. „Aber sei vorsichtig, Amara. Magische Artefakte können unberechenbar sein und ihre Kräfte können unkontrollierbar sein."

Amara nickte zustimmend und entschied sich, den Bogen vorerst nur bei sich zu tragen, ohne ihn aktiv zu nutzen. Sie wollte später herausfinden, welche besonderen Kräfte in dem Artefakt schlummerten und wie sie sie kontrollieren konnte.

Amara beugte sich vorsichtig vor, um einen genaueren Blick auf die Artefakte zu werfen. Einige von ihnen waren mit funkelnden Edelsteinen verziert, während andere mit komplexen Symbolen und Gravuren versehen waren.

Da war eine glänzende Kugel. Die Glanzkugel war ein schillerndes, durchscheinendes Artefakt, das in den Farben des Regenbogens schimmerte. Sie war ungefähr so groß wie eine Faust und wurde von einem kunstvoll verzierten silbernen Ständer gehalten. Wenn man die Kugel berührte, fühlte es sich an, als würde man reines Licht in den Händen halten. Ihre Wirkung war faszinierend und geheimnisvoll. Sobald man sie aktivierte, verbreitete die Glanzkugel ein warmes, beruhigendes Licht, das die Umgebung in ein sanftes Leuchten tauchte und selbst die dunkelsten Schatten vertrieb. Es schien, als würde sie alle finsteren Wesen fernhalten und die Herzen, derer erhellen, die sie erblickten. Aber Vorsicht war geboten, denn ihr Licht konnte auch die Aufmerksamkeit von Wesen auf sich ziehen, die es auf die Magie abgesehen hatten. Und sie waren gerade aus dem Dorf entkommen.

Außerdem war dort auch ein Schattenmantel. Der Schattenmantel war ein düsteres und undurchsichtiges Artefakt, das sich anfühlte, als würde man flüsternde Dunkelheit in Händen halten. Er war aus einem Material gewoben, das an die Schatten der Nacht erinnerte und scheinbar die Gestalt des Trägers verschluckte. Wenn man den Mantel anzog, verschmolz man nahezu vollständig mit der Umgebung und wurde für das bloße Auge fast unsichtbar. Es war eine machtvolle Tarnung, die es ermöglichte, unbemerkt an finsteren Wesen vorbeizuschleichen oder gefährlichen Situationen zu entkommen. Doch der Schattenmantel barg auch Gefahren, denn er drohte, seinen Träger in die Dunkelheit zu ziehen, wenn er zu oft benutzt wurde und die Verbindung zur wirklichen Welt schwand.

Auf einem Podest lag ein dünnes Rohr. Dieses war ein zierliches und kunstvoll gearbeitetes Artefakt aus glänzendem Elfenbein. Es besaß die Form einer Flöte und war mit feinen Gravuren von schwebenden Vögeln und tanzenden Elfen verziert. Wenn man auf der Flöte spielte, erzeugte sie magische Töne, die sich in der Luft auszubreiten schienen. Jeder Ton, den man spielte, hallte als Echo wider und füllte die Höhle mit einer geheimnisvollen Melodie. Die Echoflöte konnte jedoch nicht nur Musik erzeugen, sondern auch die Umgebung beeinflussen. Mit ihr war es möglich, Schallwellen zu manipulieren und beispielsweise den Klang von Schritten zu verstärken oder zu dämpfen. Sie konnte als Ablenkung oder zur Kommunikation mit fernen Verbündeten dienen, aber auch finstere Wesen anlocken, die von der Musik angezogen wurden.

Das leuchtende Schwert, das in einem steinernen Sockel ruhte, war eine imposante und majestätische Waffe. Der Griff des Schwerts war mit seltenen roten Edelsteinen besetzt, die in mystischem Licht erstrahlten. Sobald man das Schwert ergriff, entzündeten sich die Edelsteine und es entfachten sich leuchtende Flammen entlang der Klinge. Das Flammenschwert war äußerst mächtig und fähig, Finsternis zu durchdringen und magische Wesen zu verletzen, die normalerweise resistent gegenüber herkömmlichen Waffen waren. Doch die Macht des Schwerts war auch eine Bürde, da es eine starke Beherrschung erforderte, um es zu kontrollieren. Wenn die Emotionen des Trägers außer Kontrolle gerieten, konnte das Schwert unkontrolliert Feuer entfachen und sowohl Verbündete als auch Feinde bedrohen.

Unter einer Kuppel war ein schimmernder Kristall, der an eine funkelnde Sternennacht erinnerte. Er hatte die Form eines Herzens und pulsierte in sanften Farben, die an das Licht des Mondes erinnerten. Wenn man den Träumerstein betrachtete, versetzte er den Betrachter in einen Zustand der Entspannung und Erholung. Seine Wirkung war äußerst beruhigend und hatte die Fähigkeit, Träume und Visionen zu beeinflussen. Wenn man ihn berührte, konnte man in die Welt der Träume eintauchen und sich in vergangenen Ereignissen verlieren oder mögliche Zukunftsszenarien erkennen. Doch der Träumerstein barg auch Gefahren, da er das Bewusstsein zwischen Traum und Realität verschwimmen ließ und es schwer machte, zwischen Illusion und Wirklichkeit zu unterscheiden.

Die Familie spürte, dass diese Artefakte sowohl mächtige Verbündete als auch gefährliche Werkzeuge sein konnten. Voller Ehrfurcht und Respekt beschlossen sie, sie vorerst unberührt zu lassen, bis sie mehr über ihre Kräfte und ihre Herkunft erfahren konnten.

Als das Gewitter draußen an Intensität abnahm, beschlossen sie, die Höhle zu verlassen und ihre Reise fortzusetzen.

„Heinz, ich frage mich, wer diese Artefakte hier versteckt hat und zu welchem Zweck", sagte Amara nachdenklich.

„Das werden wir vielleicht nie erfahren", antwortete Heinz. „Aber wir müssen vorsichtig sein und uns bewusst sein, dass diese Artefakte eine enorme Macht besitzen."

Mit dem magischen Bogen in ihren Händen und ihren Kindern an ihrer Seite verließen Heinz und Amara die geheimnisvolle Höhle und setzten ihre Reise fort.

Das Magiertreffen

Nach einiger Zeit trafen sie auf eine Gruppe, die sie aufhielt, als sie Amaras Bogen sahen.

„Ihr wart in der Höhle", sprach sie eine Frau an. „Und dort habt ihr diesen Bogen fortgenommen. Wisst ihr eigentlich was ihr da getan habt? Wenn ihr den Bogen behalten wollt, dann müsst ihr zeigen, das ihr dessen würdig seid."

Sie wurden zu einem abgelegenen Ort geführt, umgeben von dichtem Wald und hohen Bergen. Dort offenbarte sich die Gruppe als Magier. Heinz, Amara, Hope und Eamon betraten den Veranstaltungsort mit einer Mischung aus Aufregung und Nervosität. Sie wurden von anderen Magiern begrüßt, die neugierig auf ihre Fähigkeiten waren und sich darauf freuten, sie zu sehen.

Eine der Ältesten, eine weise Magierin mit grauen Haaren und funkelnden Augen, erklärte die ersten Prüfungen. „Zuerst möchten wir sehen, ob ihr die Fähigkeit der Telekinese beherrscht. Zeigt uns eure Kräfte, indem ihr Gegenstände bewegt und sie frei in der Luft schweben lasst."

Amara und Heinz nickten und traten zusammen mit Hope und Eamon nach vorne. Die Kinder hatten ihre Fähigkeiten in den letzten Monaten weiterentwickelt und waren bereit, ihr Können zu zeigen. Amara nahm Eamon an die Hand und konzentrierte sich auf den Moment. Heinz hielt Hopes Hand und fokussierte seine Energie.

Die Menge der Magier beobachtete gespannt, als sich die Kinder in einem leichten Schwebezustand befanden. Ihre Magie verband sich, und eine unsichtbare Kraft durchströmte sie. Plötzlich schwebten die Gegenstände auf dem Boden um sie herum auf. Steine, Stöcke und andere kleine Objekte hoben sich in die Luft und schwebten in einem magischen Tanz um die Kinder.

„Eamon, konzentriere dich auf die Steine. Zeige ihnen, wohin sie fliegen sollen", ermutigte Amara ihren Sohn.

Eamon nickte und konzentrierte seine Energie auf die schwebenden Steine. Mit einer gezielten Bewegung seiner Hand flogen die Steine in einer eleganten Spirale nach oben und tanzten über den

Köpfen der Magier. Ein Raunen ging durch die Menge, und die Augen der Magier funkelten vor Staunen.

Hope strahlte vor Freude und konzentrierte ihre Magie auf die Stöcke und Zweige, die sich nun in einer synchronen Choreografie durch die Luft bewegten. Die Menge klatschte und applaudierte, als sie die beeindruckende Vorstellung der Kinder sahen.

„Seht her, was unsere Kinder vollbracht haben. Ihre Magie ist stark und rein", rief Heinz stolz.

Die Älteste nickte anerkennend und sagte: „Eure Kinder sind wahrhaft bemerkenswert. Es ist eine Ehre, ihre Kräfte hier zu sehen."

Die Prüfung der Telekinese war ein voller Erfolg, und die Familie wurde von den anderen Magiern herzlich beglückwünscht. Doch dies war erst der Anfang des Magiertreffens, und es standen noch weitere Prüfungen und Herausforderungen bevor.

Die nächste Prüfung war die Erschaffung einer perfekten Illusion. Die Magier versammelten sich in einem großen Kreis, und Heinz trat in die Mitte, bereit, seine Fähigkeiten zu zeigen. Sein Herz klopfte vor Aufregung, denn die Illusionsmagie war eine der komplexesten und anspruchsvollsten Künste.

„Heinz, zeig uns, was du in der Lage bist zu erschaffen", ermunterte Amara ihren Mann, die Hand auf seiner Schulter.

Heinz atmete tief durch und konzentrierte sich. Er ließ seine Magie frei fließen und begann, die Illusion zu weben. Langsam aber sicher formte sich eine malerische Landschaft um ihn herum. Ein blühender Garten mit leuchtenden Blumen, klaren Seen und majestätischen Bäumen entstand vor den Augen der Magier.

Die Menge der Magier war beeindruckt von der Schönheit der Illusion und lobte Heinz für seine Kunstfertigkeit. Doch plötzlich stand jeder Magier seiner größten Angst gegenüber.

Ein Magier sah eine unendliche Wüste vor sich, in der er sich verloren fühlte und keine Orientierung hatte. Ein anderer sah eine endlose Flutwelle, die drohte, alles zu verschlingen, was er liebte. Wieder ein anderer sah ein riesiges Monster auf sich zukommen, das ihn zu verschlingen drohte.

Panik und Angst erfüllten die Herzen der Magier, und sie begannen gegen ihre eigenen Ängste zu kämpfen. Dabei verletzten sie sich selbst, als sie gegen die Illusion antraten, um sie zu besiegen. Einige Magier stürzten zu Boden und hielten sich vor Schmerzen die Augen zu.

Heinz realisierte, dass seine Illusion zu mächtig geworden war und die Magier in den Bann gezogen hatte. Er eilte zu ihnen und brach die Illusion, um ihre Leiden zu beenden. Die Magier atmeten schwer und sahen Heinz mit einer Mischung aus Bewunderung und Dankbarkeit an.

„Heinz, du hast uns alle getäuscht und uns mit unseren eigenen Ängsten konfrontiert. Es war ein gewagtes Unterfangen, aber du hast es mit Bravour gemeistert", sagte die Älteste, während sie Heinz die Hand auf die Schulter legte.

„Ich wollte euch nicht verletzen, nur meine Fähigkeiten zeigen", antwortete Heinz besorgt.

„Das hast du zweifellos getan, und du hast uns auch gezeigt, dass Illusionsmagie eine wahrhaft mächtige und gefährliche Kunst ist", erklärte die Älteste. „Aber du hast auch gezeigt, dass du die Macht hast, die Illusion zu beherrschen und sie zu kontrollieren."

„Heinz, du hast uns gelehrt, dass wir unsere eigenen Dämonen überwinden können, wenn wir den Mut haben, ihnen ins Gesicht zu blicken", sagte einer der Magier und nickte Heinz dankbar zu.

Heinz lächelte, dankbar für die Worte der Anerkennung. Die Prüfung der perfekten Illusion hatte nicht nur seine Magie gezeigt, sondern auch gezeigt, wie sehr sie als Gemeinschaft zusammenstanden und einander halfen.

„Nun bist nur noch du übrig, Amara", sprach die Älteste. „Heinz hat uns mit seiner Illusion verletzt. Jetzt ist es an dir uns zu heilen."

Amara trat vor die versammelten Magier und fühlte die Blicke der Erwartung auf sich ruhen. Sie wusste, dass dies ihre Chance war zu beweisen, dass sie eine mächtige Heilerin war und dass sie die Verletzungen ihrer Verbündeten lindern konnte.

Sanft breitete Amara ihre Hände aus und ließ ihre Heilungsmagie fließen. Ein warmes, goldenes Licht umgab sie, als sie sich auf die Magier konzentrierte, die durch ihre Illusion verletzt worden waren. Die Wunden der Magier begannen zu heilen, ihre Schmerzen zu verschwinden, und ihre Gesichter erhellten sich.

Die Magier spürten, wie die Heilungskraft von Amara ihre Körper durchströmte, und sie fühlten sich gestärkt und erneuert. Ein Lächeln der Dankbarkeit lag auf ihren Lippen, als sie Amara für ihre Heilung dankten.

„Amara, deine Heilungsmagie ist wirklich bemerkenswert. Du hast die Kraft, nicht nur körperliche Wunden zu heilen, sondern auch die Seelen der Menschen zu berühren", sagte die Älteste, als sie auf Amara zuging.

„Ich danke euch", erwiderte Amara bescheiden. „Es ist mir eine Ehre und eine Verantwortung, meine Gabe für das Wohl anderer einzusetzen."

Die Magier applaudierten Amara, und sie spürte die Anerkennung und Unterstützung ihrer neuen Freunde. Es war ein Moment des Triumphes und der Verbundenheit.

Nachdem die Prüfungen abgeschlossen waren, setzten sich die Magier zusammen, um über den Bogen zu sprechen, den Amara aus der Höhle mitgebracht hatte.

„Dieser Bogen ist ein mächtiges Artefakt, bekannt als der Bogen der Träume", begann einer der Magier zu erklären. „Er ist in der Lage, die Träume und Sehnsüchte eines Menschen zu erkennen und sie in Form von Pfeilen zu manifestieren."

„Das klingt wirklich beeindruckend", sagte Heinz und schaute den Bogen neugierig an.

„Es ist wahr, der Bogen der Träume kann mächtige Illusionen erschaffen, die in den Geist des Ziels eindringen und es mit seinen eigenen Wünschen und Ängsten konfrontieren", fuhr der Magier fort. „Es ist jedoch wichtig, vorsichtig damit umzugehen, denn die Illusionen können auch gefährlich sein und das Ziel verwirren oder verletzen."

Amara nickte verständnisvoll. Sie spürte die enorme Kraft, die von dem Bogen ausging, und war sich bewusst, dass er mit Vorsicht gehandhabt werden musste.

„Der Bogen der Träume kann eine mächtige Waffe sein, aber auch eine gefährliche. Es ist wichtig, dass wir ihn verantwortungsbewusst einsetzen und uns der Konsequenzen bewusst sind", sagte Amara nachdenklich.

Die Prüfungen des Magiertreffens waren erfolgreich abgeschlossen, und die Familie fühlte sich gestärkt und bereit, die nächste Etappe ihrer Reise anzutreten. Gemeinsam brachen sie auf, mit der Gewissheit, dass sie als Familie alles bewältigen konnten, was auf sie zukommen mochte.

Flucht im dunklen Wald

Die Magiergruppe war in Eile, als sie sich durch den dichten, dunklen Wald kämpften. Das Unterholz war undurchdringlich und das Laub auf dem Boden dämpfte ihre Schritte, während sie versuchten, sich vor den gefährlichen, magischen Geschöpfen zu verstecken, die sie verfolgten.

„Heinz, sie sind uns dicht auf den Fersen!", flüsterte Amara, während sie durch das Unterholz huschten.

„Wir müssen uns beeilen und einen sicheren Ort finden, wo wir uns verstecken können", erwiderte Heinz und hielt seinen Zauberstab bereit.

Eamon und Hope waren eng bei ihnen und hielten sich an den Händen ihrer Eltern fest. Ihre Gesichter waren von Sorge gezeichnet, aber sie wussten, dass sie ihren Eltern vertrauen konnten, um sie sicher durch die Gefahr zu bringen.

Plötzlich hörten sie ein bedrohliches Knurren hinter sich. Sie wussten, dass sie keine Zeit verlieren durften. Heinz und Amara führten die

Gruppe weiter durch den Wald, in der Hoffnung, einen sicheren Ort zu finden.

„Da vorne ist eine Höhle! Schnell, lasst uns hineingehen!", rief Heinz und deutete auf eine dunkle Öffnung in den Felsen.

Sie eilten zur Höhle und schlüpften hinein, während sie ihre magische Aura abschirmten, um nicht entdeckt zu werden. Die Dunkelheit um sie herum war erdrückend, aber sie wussten, dass es der beste Ort war, um sich zu verbergen.

„Haltet euch bereit. Wir wissen nicht, wie lange wir hier bleiben müssen", flüsterte Heinz.

Die Zeit schien still zu stehen, als sie in der Höhle warteten. Die Geräusche des Waldes draußen waren gedämpft, aber sie hörten immer noch das ferne Knurren und Fauchen der magischen Geschöpfe.

Hope kuschelte sich eng an Amara, während Eamon wachsam in die Dunkelheit blickte. Sie spürten die Spannung in der Luft und wussten, dass sie noch immer in Gefahr waren.

„Heinz, was sind das für Geschöpfe, die uns verfolgen?", fragte Amara leise.

„Es sind Schattenbestien, gefährliche Kreaturen, die von der Finsternis beeinflusst sind. Sie sind schnell, geschickt und können sich in der Dunkelheit gut verstecken", erklärte Heinz.

„Und wie können wir uns vor ihnen schützen?", fragte Amara besorgt.

Heinz dachte einen Moment nach. „Ihre Schwäche ist das Licht. Wenn wir eine helle Lichtquelle haben, könnten wir sie vertreiben oder zumindest auf Abstand halten", antwortete er.

„Wir haben unsere Zauberstäbe, aber ich fürchte, sie sind nicht stark genug, um die Schattenbestien abzuwehren", sagte Amara.

„Vielleicht könnten wir eine magische Fackel erschaffen? Etwas, das helles Licht ausstrahlt und uns Schutz bietet", schlug Heinz vor.

Amara nickte zustimmend. „Ja, das könnte funktionieren. Wir müssen es versuchen, sobald wir sicher aus der Höhle kommen."

Die Magier verharrten weiterhin in der Dunkelheit der Höhle, und die Zeit zog sich endlos hin. Das ferne Fauchen der Schattenbestien schien lauter zu werden, als ob sie sich näherten.

„Es ist Zeit. Lasst uns vorsichtig aus der Höhle gehen und eine magische Fackel erschaffen", sagte Heinz entschlossen.

Leise verließen sie die Höhle und standen wieder im dunklen Wald. Heinz und Amara konzentrierten ihre Magie und riefen eine leuchtende Fackel herbei, die helles Licht in alle Richtungen ausstrahlte.

Das Licht der Fackel vertrieb die Finsternis um sie herum, und die Schattenbestien zogen sich zurück, unsicher und ängstlich. Es war ein Moment des Triumphes, als die Magier die Kreaturen in Schach hielten.

„Heinz, Amara, das funktioniert!", rief Eamon, als er das leuchtende Licht bewunderte.

„Ja, aber wir dürfen nicht nachlassen. Das Licht hält sie auf Abstand, aber es wird sie nicht für immer abschrecken", warnte Heinz.

Unterstützung im Schatten

Die Schattenwölfe kamen wieder näher, als das Licht der magischen Fackel langsam nachließ. Heinz und Amara spürten die Bedrohung, während sie sich der dunklen Gefahr gegenübersahen.

Plötzlich hörten sie das Knurren und Heulen näherkommen. Doch bevor die Kreaturen sie erreichten, tauchten plötzlich weitere Gestalten aus dem Schatten auf. Eine Gruppe von Widerstandskämpfern, mutig und entschlossen, stand ihnen gegenüber.

„Wir haben euren Kampf gegen die Schattenwölfe beobachtet. Ihr braucht Unterstützung", sagte ein kräftiger Mann mit einem imposanten Schwert auf dem Rücken.

Heinz und Amara waren überrascht, aber auch dankbar für die unerwartete Hilfe. „Danke für eure Unterstützung. Die Schattenwölfe sind gefährliche Gegner, und wir können jede Hilfe gebrauchen", erwiderte Amara.

„Wir sind hier, um euch zu unterstützen. Gemeinsam werden wir die Schattenwölfe besiegen", erklärte eine junge Kriegerin mit glühenden Augen.

Gemeinsam kämpften die Magier und die Widerstandskämpfer gegen die Schattenwölfe. Die Magier setzten ihre mächtigen Zauber ein, während die Krieger ihre Waffen schwangen. Der Kampf war hart, aber ihre vereinten Kräfte machten sie stark.

Als die letzte Schattenbestie besiegt war, atmeten sie erleichtert auf. Die Widerstandskämpfer lächelten und nickten den Magiern zu.

„Danke, dass ihr uns geholfen habt", sagte Heinz.

„Und danke, dass ihr uns unterstützt habt. Ohne euch hätten wir es vielleicht nicht geschafft", fügte Amara hinzu.

Die Widerstandskämpfer schüttelten den Kopf. „Es war uns eine Ehre, an eurer Seite zu kämpfen. Aber jetzt müssen wir weiterziehen. Unser Kampf gegen die Finsternis hat viele Fronten", erklärte der Anführer der Gruppe.

„Verstehe. Passt auf euch auf", wünschte Heinz.

Bevor sie sich verabschiedeten, gab ihnen der Anführer einen wertvollen Hinweis. „Ihr müsst über eine Schlucht, über die kein Weg führt. Hinter einem Nebel, den seit Jahrhunderten niemand durchschritten hat. Dort liegt ein uralter Tempel. Möglicherweise der Tempel, den ihr sucht."

Heinz und Amara waren erstaunt über diese Information. „Danke für den Hinweis. Wir werden unser Bestes tun, um diesen Tempel zu finden", versicherte Amara.

Die Widerstandskämpfer nickten und zogen weiter, um ihren Kampf gegen die Finsternis fortzusetzen.

Heinz und Amara standen allein inmitten des Waldes und dachten über den Hinweis nach. Eine Schlucht ohne Weg, hinter einem undurchdringlichen Nebel - es klang nach einer großen Herausforderung.

„Was halten wir davon, uns auf den Weg zu machen und den Tempel zu suchen?", schlug Heinz vor.

Amara nickte entschlossen. „Ja, lassen wir uns nicht von Hindernissen aufhalten. Gemeinsam können wir alles meistern."

Hand in Hand machten sich die Amara und Heinz auf den Weg, begleitet von der Hoffnung, dass dieser Tempel ihnen die Antworten und das Wissen geben würde, das sie suchten.

Die magische Brücke

Heinz und Amara folgten den Anweisungen der Widerstandskämpfer und machten sich auf den Weg zur gefährlichen Schlucht. Der Pfad führte sie tiefer in den Wald hinein, bis sie schließlich vor einer gewaltigen Schlucht standen, die sich vor ihnen erstreckte. Die Kluft war so breit und tief, dass sie den Grund nicht sehen konnten.

„Das ist die Schlucht, von der die Widerstandskämpfer gesprochen haben. Und da ist der undurchdringliche Nebel", sagte Amara und zeigte auf eine dicke Nebelbank, die die andere Seite der Schlucht verhüllte.

„Sie haben uns gewarnt, dass es gefährlich sein würde, aber wir müssen diese Schlucht überqueren", erinnerte sich Heinz.

„Ja, das müssen wir. Ich denke, wir sollten versuchen, eine magische Brücke zu erschaffen, um sicher auf die andere Seite zu gelangen", schlug Amara vor.

Heinz nickte zustimmend. „Gute Idee. Wir sollten uns darauf konzentrieren, dass die Brücke stabil und sicher ist. Lass uns es versuchen."

Die beiden Magier traten an den Rand der Schlucht und begannen ihre Magie zu wirken. Sie konzentrierten ihre Energien, und langsam begann sich eine leuchtende Brücke über die Schlucht zu bilden. Sie bestand aus schimmernden Lichtstrahlen und schien fast wie aus dem Nichts zu entstehen.

Die Magier überquerten die magische Brücke vorsichtig, Schritt für Schritt, während sie ihre Konzentration aufrechterhielten, um die Brücke stabil zu halten. Der Abgrund unter ihnen wirkte beängstigend, und sie durften keine Fehler machen.

Doch je weiter sie kamen, desto stärker wurde der Nebel um sie herum. Er verdichtete sich und umhüllte sie, bis sie kaum noch etwas sehen konnten.

„Heinz, ich kann kaum noch etwas sehen", rief

Amara besorgt.

„Mir geht es genauso. Der Nebel wird immer dichter. Wir müssen vorsichtig sein und weitergehen", erwiderte Heinz und versuchte, Ruhe zu bewahren.

Sie tasteten sich vorsichtig durch den dichten Nebel, hielten sich an den Händen und versuchten, nicht die Orientierung zu verlieren. Der Nebel schien sie zu verschlucken, und die Umgebung um sie herum wurde immer unsicherer.

Plötzlich hörten sie ein unheimliches Geräusch, als ob sich etwas um sie herum bewegen würde. Es klang wie ein leises Flüstern, das von allen Seiten kam.

„Heinz, was ist das? Was hören wir da?", fragte Amara nervös.

„Ich weiß es nicht, aber wir sollten uns beeilen. Lass uns versuchen, aus diesem Nebel herauszukommen", antwortete Heinz.

Doch je mehr sie versuchten, dem Nebel zu entkommen, desto dichter wurde er. Es schien, als ob sie sich in einem undurchdringlichen Kokon aus Nebel befanden.

Der dichte Nebel umhüllte Heinz und Amara, und sie waren völlig orientierungslos. Sie konnten nicht sehen, wohin sie gingen, und jede Bewegung schien sie tiefer in die undurchdringliche Nebelbank zu führen.

„Heinz, ich kann nicht sehen, wohin wir gehen. Wir müssen einen Weg aus diesem Nebel finden", sagte Amara besorgt.

„Ich weiß, es ist beängstigend, aber wir müssen unsere magischen Fähigkeiten nutzen, um uns zurechtzufinden. Lass uns unsere Elementarmagie einsetzen", schlug Heinz vor.

„Ja, du hast recht. Lass uns es versuchen", stimmte Amara zu und begann, ihre Erdmagie zu wirken. Sie spürte die Verbindung zur Erde und ließ die Energie durch ihren Körper fließen.

Langsam begann der Boden unter ihren Füßen zu leuchten und zeigte ihnen den Weg.

Heinz konzentrierte sich auf seine Feuermagie und ließ kleine Flammen in seinen Händen auflodern. Das Licht erleuchtete den dichten Nebel um sie herum und gab ihnen etwas mehr Sicht.

Gemeinsam gingen sie weiter, immer darauf bedacht, den Boden zu spüren und das Licht der Flammen zu nutzen, um ihren Weg zu finden. Doch der Nebel schien sich immer wieder zu verdichten und ihnen die Sicht zu nehmen.

„Das wird schwieriger als ich dachte. Der Nebel wird immer dichter", bemerkte Heinz.

„Ja, wir müssen noch vorsichtiger sein. Versuchen wir, in die Richtung zu gehen, in der sich der Boden stabiler anfühlt", schlug Amara vor.

Sie folgten dem Gefühl des festen Bodens unter ihren Füßen und ließen sich von ihrer magischen Führung leiten. Doch je weiter sie gingen, desto unheimlicher wurde es. Sie hörten seltsame

Geräusche und leise Stimmen, die von allen Seiten zu kommen schienen.

„Heinz, hörst du das auch? Was sind das für Geräusche?", fragte Amara ängstlich.

„Ich höre es auch. Es sind vielleicht die Stimmen der Schattenwesen, die im Nebel lauern. Wir dürfen uns nicht ablenken lassen und müssen weitergehen", ermahnte Heinz sie.

Trotz der beunruhigenden Geräusche und der eingeschränkten Sicht kämpften sie sich tapfer durch die Nebelbank. Sie vertrauten auf ihre magischen Fähigkeiten und darauf, dass ihre Verbindung zur Magie sie führen würde.

„Siehst du etwas, Heinz? Ich kann kaum noch etwas erkennen", sagte Amara verzweifelt.

„Ich sehe auch kaum etwas. Aber wir dürfen nicht aufgeben. Lass uns weitermachen und hoffen, dass wir bald aus diesem Nebel herauskommen", ermutigte Heinz sie.

Sie gingen weiter, Schritt für Schritt, und hielten sich an den Händen, um sich nicht zu verlieren. Die Zeit schien stillzustehen, während sie durch die undurchdringliche Nebelbank wanderten.

Plötzlich hörten sie ein leises Klicken, gefolgt von einem leuchtenden Schein. Vor ihnen erschien eine diffuse Gestalt, die langsam Konturen annahm.

„Was ist das?", flüsterte Amara.

Heinz trat einen Schritt vor und erkannte die Gestalt. „Das ist eine magische Barriere. Sie erscheint nur, wenn man den richtigen Weg durch den Nebel findet. Wir sind auf dem richtigen Weg."

Die magische Barriere leuchtete auf und führte sie weiter durch den Nebel. Je näher sie der Barriere kamen, desto mehr Licht offenbarte sich. Die Nebelbank begann sich zu lichten, bis sie schließlich hindurchtraten.

Der Hinterhalt der Magier

Das Licht, das sie aus dem Nebel geführt hatte, enthüllte eine unerwartete Szene. Sie waren in einen Hinterhalt geraten und umzingelt von einer Gruppe magisch begabter Feinde. Die Magier standen in einem Halbkreis um Heinz und Amara herum und ihre Blicke waren voller Bosheit und Feindseligkeit.

„Heinz, wir sind umzingelt. Was machen wir jetzt?", flüsterte Amara nervös.

„Wir müssen uns verteidigen. Aber wir dürfen unsere magischen Kräfte nicht leichtfertig einsetzen. Lass uns abwarten und sehen, wie sie sich verhalten", antwortete Heinz ruhig.

Einer der Feinde trat vor, ein finster dreinblickender Mann mit wirren Haaren und pechschwarzen Augen. „Ihr seid in unsere Falle geraten, Magier. Jetzt habt ihr keine Chance mehr."

„Was wollt ihr von uns?", fragte Amara mutig.

„Wir wollen eure magischen Fähigkeiten und Artefakte. Ihr seid eine Bedrohung für unsere Pläne und deshalb müssen wir euch ausschalten", erklärte der finstere Magier.

„Heinz, sie wollen unsere Fähigkeiten stehlen. Wir müssen uns wehren", sagte Amara entschlossen.

„Ja, aber wir müssen vorsichtig sein. Wenn wir unsere Kräfte unkontrolliert einsetzen, könnten wir noch mehr Schaden anrichten", warnte Heinz.

Die feindlichen Magier umzingelten sie enger und formten ihre Hände zu magischen Gesten. Heinz und Amara spürten die Energie in der Luft, die sich um die Feinde sammelte.

„Heinz, sie bereiten einen Angriff vor. Was sollen wir tun?", fragte Amara besorgt.

„Heb die Hände hoch, aber zeig keine Angriffs-geste. Wir müssen abwarten und uns auf eine defensive Strategie konzentrieren", erklärte Heinz.

Die Anspannung in der Luft war greifbar, als die Feinde ihre Magie entfesselten. Strahlen von Feuer, Blitz und Dunkelheit schossen auf Heinz und Amara zu, doch sie hoben ihre Hände hoch und bildeten eine unsichtbare Barriere.

„Ich kann ihre Magie neutralisieren, aber wir dürfen keine Gegenangriffe starten", flüsterte Heinz.

Amara nickte und fokussierte sich auf ihre Heilungsmagie. Sie spürte, wie die Energie durch ihre Hände floss und ihre Verletzungen heilte, die durch die feindlichen Angriffe entstanden waren.

„Das reicht nicht. Wir müssen uns wehren", sagte Amara entschlossen.

„Heinz, sie lassen nicht nach. Wir müssen sie aufhalten", fügte sie hinzu.

Heinz überlegte kurz und dann nickte er. „Gut, aber wir dürfen unsere Kräfte nicht übertreiben. Lass uns unsere Magie vereinen und eine gemeinsame Attacke starten."

Amara und Heinz fokussierten ihre Magie und ließen sie verschmelzen. Gemeinsam formten sie eine gewaltige Energiekugel, die in hellem Licht erstrahlte.

„Jetzt!", rief Heinz.

Sie schleuderten die Energiekugel auf ihre Feinde und trafen sie mit voller Wucht. Die Magier wurden durch die Wucht des Angriffs zu Boden geschleudert und stöhnten vor Schmerz.

„Heinz, wir haben sie getroffen. Aber sie sind noch nicht ausgeschaltet", warnte Amara.

„Hebt euch nicht von uns ab. Wir haben noch mehr Kräfte, als ihr denkt", knurrte einer der Feinde und versuchte aufzustehen.

Heinz und Amara bereiteten sich auf weitere Angriffe vor, als plötzlich ein lautes Horn ertönte. Aus dem Wald eilte eine Gruppe von Widerstandskämpfern herbei und griff die feindlichen

Magier von hinten an.

Die Feinde waren nun zwischen zwei Fronten gefangen und hatten keine Chance mehr. Sie gaben auf und flohen, während die Widerstandskämpfer sie verfolgten.

„Heinz, das war knapp. Danke, dass du so mutig warst", sagte Amara erleichtert.

„Wir haben das gemeinsam geschafft. Aber der Kampf ist noch nicht vorbei. Wir müssen weitergehen und den Tempel finden", erwiderte Heinz.

Das Geheimnis des Tempels

Erschöpft und dennoch voller Erwartungen erreichten Heinz, Amara und ihre Begleiter den alten Tempel, von dem sie hofften, dass er ihnen die Antworten auf ihre Fragen liefern würde. Die steinernen Mauern und verzierten Säulen erzählten von vergangenen Zeiten und geheimnisvollen Geschichten.

Als sie die gewaltigen Tore des Tempels betraten, wurden sie von einem alten Priester empfangen, der in langen, weißen Gewändern gekleidet war. Sein Gesicht war von Lebenserfahrung und Weisheit gezeichnet.

„Willkommen im Tempel der Alten Weisheit. Ihr seid gekommen, um Antworten zu finden, nicht wahr?", begrüßte der Priester sie mit einer tiefen Stimme.

„Ja, wir suchen ein Amulett, das uns helfen soll, die Kräfte meines Sohnes Eamon zu kontrollieren", erklärte Amara.

Der Priester musterte sie und schien ihre Worte zu erwägen. „Das Amulett, von dem ihr sprecht, ist mächtig und gefährlich zugleich. Nicht jeder ist würdig, es zu tragen."

„Heißt das, es befindet sich hier im Tempel?", fragte Heinz gespannt.

Der Priester lächelte geheimnisvoll. „Das kann ich euch nicht verraten. Doch wenn ihr Antworten sucht, müsst ihr euch auf eine Reise begeben. Folgt mir."

Er führte sie durch die Hallen des Tempels, vorbei an verzierten Säulen und alten Statuen. Schließlich gelangten sie zu einer massiven Holztür mit seltsamen Symbolen eingraviert.

„Hinter dieser Tür werdet ihr Antworten auf eure Fragen finden. Doch seid gewarnt, das, was ihr entdecken werdet, könnte eure Welt erschüttern. Seid ihr bereit?", fragte der Priester.

Heinz und Amara tauschten einen kurzen Blick aus und nickten entschlossen.

„Ja, wir sind bereit", antwortete Amara.

Der Priester nickte zufrieden und öffnete die Tür langsam. Ein gleißendes Licht strömte heraus und blendete sie für einen Moment. Als sich ihre Augen an die Helligkeit gewöhnt hatten, traten sie vorsichtig durch die Tür.

Das gleißende Licht verblasste, als Heinz, Amara und ihre Gefährten durch die Tür traten. Vor ihnen erstreckte sich ein verwirrendes Labyrinth aus Flammen, die wie ein undurchdringliches Netz den Weg versperrten.

„Heilige Magie! Was ist das für ein Ort?", flüsterte Amara, ihre Augen weit aufgerissen vor Staunen.

„Es scheint, als müssten wir unser inneres Feuer entfachen, um durch dieses Labyrinth zu gelangen", schlug Heinz vor und spürte bereits die Hitze auf seiner Haut.

„Ja, es sieht so aus, als ob nur diejenigen mit wahrem Feuer in ihren Herzen diesen Weg bewältigen können", fügte der Priester hinzu.

Amara konzentrierte sich und ließ ihre Magie in ihrem Inneren aufleuchten. Ihre Augen glühten auf, und eine Aura aus goldenem Licht umgab sie. „Ich werde uns den Weg weisen, folgt mir", sagte sie entschlossen.

Vorsichtig betrat Amara das Labyrinth, und wie auf magische Weise folgte eine leuchtende Spur in Form von Flammen ihren Schritten. Die Hitze war intensiv, aber Amara schien unbeeindruckt, da sie sich von ihrem inneren Feuer leiten ließ.

Heinz und die anderen folgten ihr genau, ihre eigene innere Magie entfachte, um den Flammen zu trotzen. Sie spürten, wie ihre Kräfte mit jedem Schritt stärker wurden, und das Labyrinth zu reagieren schien, als ob es ihre Präsenz spürte.

„Das ist unglaublich! Unsere eigenen Magie formt den Weg vor uns!", rief Hope aufgeregt, als sie sah, wie ihre Schritte ebenfalls von Flammen umgeben waren.

Die Gruppe wanderte weiter durch das brennende Labyrinth, immer darauf bedacht, ihren inneren Fokus aufrechtzuerhalten. Die Flammen leuchteten in leuchtenden Farben auf und schufen ein atemberaubendes Schauspiel aus Licht und Hitze.

Nachdem sie einige Zeit durch das Labyrinth gereist waren, gelangten sie schließlich zu einer massiven Tür, die von Flammen umgeben war. Der Raum, in den sie eintraten, war von einem unheimlichen Sturm erfüllt, der wild und unberechenbar toste. Funken und Trümmer wirbelten umher, und die Luft schien mit purer Energie geladen zu sein.

„Heilige Elemente! Was ist das für ein Ort?", rief Amara, als ein starker Windstoß sie fast zu Boden warf.

„Dies ist der Raum des Windes. Hier müssen wir die Kontrolle über die Luft erlangen, um ihn zu lenken und zu überwinden", erklärte Heinz und fixierte den tobenden Sturm.

„Das klingt gefährlich. Wie können wir das schaffen?", fragte Hope ängstlich.

„Wir müssen unseren Willen und unsere Magie nutzen, um den Wind zu beeinflussen. Es erfordert Konzentration und Zusammenarbeit", antwortete Amara, während sie ihre Magie sammelte.

Heinz und Amara stellten sich vor den Sturm und bündelten ihre Kräfte. Sie konzentrierten sich darauf, den Wind in die gewünschte Richtung zu lenken und die wilde Energie zu beruhigen. Ihre Hände leuchteten auf, als sie die Kontrolle über den Wind zu erlangen versuchten.

Es war ein harter Kampf, der Raum schien sich gegen ihre Bemühungen zu wehren, aber Heinz und Amara gaben nicht auf. Sie unterstützten sich gegenseitig, ihre Magie verschmolz zu einem mächtigen Wirbelwind, der den tobenden Sturm zu bändigen suchte.

Eamon und Hope beobachteten gespannt, wie ihre Eltern den Sturm zu bezwingen versuchten. Sie wussten, dass die Zukunft ihrer Familie von diesem Moment abhing.

Plötzlich schien der Sturm zu nachgeben. Die Winde ließen nach, und die Trümmer setzten sich langsam. Heinz und Amara hatten es geschafft, die Kontrolle zu erlangen.

„Das haben wir geschafft!", rief Heinz erleichtert, als der Raum sich beruhigte.

„Nun können wir den Raum durchschreiten und herausfinden, was uns dahinter erwartet", fügte Amara hinzu.

Sie gingen vorsichtig durch den Raum, der nun ruhig und friedlich wirkte, und erreichten die andere Seite. Dort stand eine weitere massive Tür, die sie erwartungsvoll anblickten.

„Lasst uns sehen, was sich diesmal dahinter verbirgt", sagte Heinz, als er seine Hand auf die Tür legte.

Die Tür glühte für einen Moment und schwang langsam auf. Hinter der Tür erwartete sie ein Raum, der von einem reißenden Fluss durchzogen wurde. Das Wasser strömte wild und ungestüm, und die Geräusche des tosenden Flusses erfüllten den Raum. Vor ihnen lag eine scheinbar unüberwindbare Barriere, die ihre Reise zu blockieren schien.

„Heilige Fluten! Wie sollen wir diesen Fluss überqueren?", fragte Amara besorgt.

„Wir müssen das Wasser bändigen und es in eine sichere Passage verwandeln", erklärte Heinz und untersuchte die Strömung.

„Das klingt nach einer wahrhaftigen Herausforderung", stellte Eamon fest und beobachtete das wilde Wasser.

„Gemeinsam können wir es schaffen. Lasst uns unsere Kräfte vereinen", sagte Amara entschlossen.

Heinz, Amara, Eamon und Hope stellten sich an den Ufern des Flusses auf. Sie bündelten ihre magische Energie und konzentrierten sich darauf, das Wasser zu kontrollieren. Ihre Hände leuchteten auf, als sie versuchten, die Strömung zu beruhigen.

Es war ein gefährliches Unterfangen, das Wasser schien sich gegen ihre Bemühungen zu wehren, aber sie ließen nicht locker. Gemeinsam kämpften sie gegen die reißenden Fluten an, bis das Wasser allmählich ruhiger wurde.

„Wir sind auf dem richtigen Weg. Lasst uns die sichere Passage öffnen", sagte Heinz, während sie das Wasser vorsichtig umleiteten.

Langsam begann sich eine schmale Passage durch das Flussbett zu formen. Sie hatten es geschafft, das Wasser zu kontrollieren und eine sichere Überquerung zu ermöglichen.

„Lasst uns schnell darübergehen, bevor das Wasser wieder tobt", rief Amara und führte den Weg an.

Die Familie schritt vorsichtig durch die Passage und überquerte den Fluss erfolgreich. Ihre Zusammenarbeit und ihre Magie hatten ihnen geholfen, auch diese Herausforderung zu meistern.

Als sie auf der anderen Seite ankamen, erwartete sie eine weitere massive Tür, die den Raum abschloss.

„Was werden wir wohl diesmal hinter der Tür finden?", fragte Eamon neugierig.

„Es gibt nur einen Weg, es herauszufinden", sagte Heinz und drückte die Türklinke herunter.

Hinter der Tür erwartete sie ein Raum, der von einem instabilen Gesteinslabyrinth durchzogen war. Überall ragten massive Felsbrocken aus dem Boden, und der Raum schien von den Kräften der

Erde durchdrungen zu sein. Der Boden bebte leicht unter ihren Füßen.

„Wir müssen unsere Verbindung zur Erde stärken, um durch dieses Labyrinth zu kommen", erklärte Heinz und berührte den Boden, um sich zu zentrieren.

„Es scheint so, als ob wir die Felsbrocken bewegen müssen, um unseren Weg zu bahnen", bemerkte Amara und trat vorsichtig auf einen der größeren Steine.

„Lasst es uns gemeinsam versuchen. Konzentriert euch auf die Felsen und fühlt die Energie der Erde", sagte Heinz und begann seine Magie zu kanalisieren.

Amara, Eamon und Hope folgten seinem Beispiel. Sie spürten die pulsierende Energie der Erde in ihren Herzen und ließen ihre Magie fließen.

Langsam begannen die Felsbrocken zu zittern und zu schweben. Mit vereinter Kraft bewegten sie die Steine vorsichtig zur Seite und schufen sich einen Weg durch das instabile Gesteinslabyrinth.

„Wie fühlt es sich an, die Macht der Erde zu spüren?", fragte Heinz seine Familie, als sie sich ihren Weg bahnten.

„Es ist, als ob man eins wird mit der Natur. Es fühlt sich mächtig und gleichzeitig beruhigend an", beschrieb Amara ihre Empfindungen.

„Ja, ich spüre die Verbindung zur Erde. Es ist, als ob sie uns führt", fügte Eamon hinzu.

Die Familie bewegte sich vorsichtig durch das Labyrinth und setzte ihre magischen Kräfte ein, um die Felsbrocken zu kontrollieren. Sie vertrauten auf ihre Verbindung zur Erde und ließen sich von ihr leiten.

Nach einer Weile erreichten sie schließlich das Ende des Gesteinslabyrinths und standen vor einer weiteren Tür.

„Was mag sich wohl diesmal hinter der Tür verbergen?", fragte Hope aufgeregt.

„Nur durch Öffnen der Tür können wir es herausfinden", sagte Heinz und griff nach der Türklinke.

Die Tür öffnete sich langsam, und sie spähten neugierig in den nächsten Raum.

Der Raum, den sie betraten, war in ein strahlendes Weiß getaucht, und es schien, als ob er völlig leer wäre. Doch die Familie wusste, dass dies nur eine Täuschung war und dass sie eine weitere Prüfung erwartete.

„Dieser Raum ist mit der subtilen Energie des Äthers erfüllt. Wir müssen uns mit dieser Energie verbinden und ein magisches Portal öffnen", erklärte Heinz.

„Aber wie machen wir das?", fragte Amara, während sie den Raum aufmerksam betrachtete.

„Wir müssen uns auf unser innerstes Selbst konzentrieren, auf die Essenz unserer Magie und unsere tiefste Verbindung mit den Elementen", antwortete Heinz.

Die Familie setzte sich in einen Kreis und schloss die Augen, um sich zu zentrieren. Sie ließen ihre Magie fließen und spürten die subtile Energie des Äthers um sich herum. Sie fühlten, wie ihre Verbindung zu den Elementen stärker wurde, und spürten, wie sie eins wurden mit der Energie des Raumes.

Langsam bildete sich ein schimmerndes Portal in der Mitte des Raumes. Es schien, als ob die Grenzen zwischen den Dimensionen verschwimmen würden.

„Heinz, es funktioniert!", rief Amara aufgeregt.

„Gut gemacht, meine Liebe", sagte Heinz stolz und reichte ihr die Hand, um durch das Portal zu gehen.

Die Familie trat nacheinander durch das Portal und gelangte auf der anderen Seite in einen Raum mit sieben Säulen. Auf jeder Säule waren Symbole der Elemente eingraviert: Feuer, Wasser, Erde, Luft, Licht, Schatten und Äther.

„Sieben Elemente", murmelte Heinz und betrachtete die Säulen fasziniert.

„Es sind die Grundpfeiler der Magie", fügte Amara hinzu.

„Wir müssen die Bedeutung dieser Elemente verstehen, um weiterzukommen", sagte Heinz und begann, die Symbole genauer zu untersuchen.

„Feuer steht für Leidenschaft und Energie, Wasser für Emotionen und Veränderung, Erde für Stabilität und Bodenständigkeit, Luft für Freiheit und Bewegung, Licht für Wissen und Erkenntnis, Schatten für Geheimnisse und Mysterien, und Äther für die subtile Verbindung aller Dinge", erklärte Amara.

„Genau. Wenn wir die Elemente verstehen und ihre Energie in uns aufnehmen, werden wir das nächste Rätsel dieses Raumes lösen können", sagte Heinz entschlossen.

Die Familie begann, sich intensiv mit den Elementen zu verbinden und ihre Energie zu spüren. Sie ließen sich von den Symbolen inspirieren und spürten, wie die Essenz der Elemente in ihnen erwachte.

Die Enthüllung der alten Pfade

Die Familie stand vor den sieben Säulen und überlegte, wie sie die nächste Herausforderung bewältigen könnten.

„Ich glaube, wir müssen die Symbole der Elemente in der richtigen Reihenfolge berühren", schlug Amara vor.

Heinz nickte zustimmend und begann, die Säulen sorgfältig zu betrachten. Nach einigen Minuten griff er nach dem Symbol des Feuers und berührte es vorsichtig. Es begann zu leuchten. Amara berührte das Symbol der Erde, und es leuchtete ebenfalls auf. Heinz tippte auf das Symbol des Wassers und ein verborgener Durchgang wurde sichtbar.

„Heinz, du hast es geschafft!", rief Amara begeistert.

Die Familie betrat den geheimen Passageweg, der in eine weitere Kammer führte. In dieser Kammer fanden sie alte Schriftrollen, die mit uralten Runen und Zeichen beschrieben waren.

„Heinz, das sieht aus wie uralte Magieschriften",
bemerkte Amara.

„Tatsächlich, diese Schriftrollen könnten uns
wertvolle Informationen liefern", stimmte Heinz
zu und begann, die Schriftrollen zu studieren.

Die Schriftrollen enthielten Informationen über
die alten Pfade, die durch das Labyrinth führten.
Es gab Anweisungen, wie man die Pfade akti-
vieren konnte und welchen Gefahren sie
begegnen konnten.

„Wir müssen vorsichtig sein, wenn wir diese alten
Pfade betreten", warnte Heinz. „Sie sind seit Jahr-
hunderten verschlossen und könnten unbekannte
Gefahren bergen."

Amara nickte zustimmend und las weiter in den
Schriftrollen. Sie entdeckte Hinweise auf weitere
Prüfungen, die sie auf den alten Pfaden erwarten
würden.

„Es scheint, als ob diese alten Pfade noch weitere Herausforderungen für uns bereithalten", sagte sie.

„Das ist zu erwarten. Wir müssen uns gut vorbereiten, bevor wir weitergehen", erklärte Heinz.

Die Familie beschloss, in der Kammer zu bleiben und sich auf die nächsten Prüfungen vorzubereiten. Sie übten ihre Magie und studierten die Schriftrollen, um so viel wie möglich über die alten Pfade zu erfahren.

„Wir sollten auch die Kinder vorbereiten. Sie sind ein wichtiger Teil dieser Reise", bemerkte Amara und wandte sich an Eamon und Hope.

„Ja, du hast recht", stimmte Heinz zu. „Eamon, du bist ein mächtiger Magier, und du musst lernen, deine Kräfte zu kontrollieren. Und Hope, du hast ein erstaunliches Potenzial in dir. Du musst lernen, deine Gaben zu nutzen und deine Magie zu entfesseln."

Eamon und Hope nickten ernst und versprachen, hart zu trainieren und ihre Fähigkeiten weiterzuentwickeln.

Die Familie verbrachte die nächsten Tage in der Kammer, um sich auf die bevorstehenden Herausforderungen vorzubereiten. Sie übten ihre Magie, studierten die Schriftrollen und sprachen über ihre Ängste und Hoffnungen für die kommende Reise.

Schließlich waren sie bereit, die alten Pfade hinter der Kammer zu betreten.

Das Aufeinandertreffen auf der gefährlichen Bergspitze

Die Familie folgte dem geheimen Passageweg, der felsig und feucht war. Der Pfad führte sie immer weiter nach oben, und sie mussten sich vorsichtig vorwärts bewegen, um nicht zu stürzen. Die steilen Felswände waren rutschig, und das Wasser, das von den Felsen tropfte, machte den Weg noch glitschiger.

„Wir müssen vorsichtig sein", warnte Heinz, als sie eine besonders steile Stelle erreichten. „Der Weg ist gefährlich, und ein Ausrutscher könnte verheerende Folgen haben."

Die Familie kletterte langsam weiter nach oben, doch trotz aller Vorsicht passierte es: Eamon verlor den Halt und rutschte aus. Mit einem erschrockenen Aufschrei fiel er, aber bevor er den Boden erreichte, konnte Heinz ihn mit einem schnellen Zauber auffangen und sicher auf den Felsboden zurückbringen.

„Danke, Vater", sagte Eamon erleichtert, als er wieder festen Boden unter den Füßen hatte.

„Heinz, ich glaube, wir sollten die Kinder an Seilen sichern", schlug Amara vor.

„Das ist eine gute Idee", stimmte Heinz zu. Sie banden Eamon und Hope sicher an Seilen und setzten ihren Aufstieg fort.

Endlich erreichten sie die Bergspitze. Ein starker Wind wehte, und die Aussicht war atemberaubend. Doch ihre Freude wurde schnell unterbrochen, als sie einen mächtigen, dunklen Magier auf der Bergspitze sahen, der sie herausfordernd anstarrte.

„Ah, endlich seid ihr hier", sagte der Magier mit finsterem Lächeln. „Ich habe auf eure Ankunft gewartet."

„Wer bist du?", fragte Heinz.

„Ich bin Malakar, ein Meister der dunklen Magie", antwortete der Magier. „Ich bin hier, um euch aufzuhalten und zu verhindern, dass ihr das Geheimnis enthüllt."

Die Familie stellte sich bereit, sich Malakar entgegenzustellen. Der Kampf begann, und Malakar entfesselte mächtige dunkle Zauber, die auf die Familie prasselten. Heinz und Amara reagierten schnell und setzten ihre Magie ein, um die Angriffe abzuwehren.

Eamon und Hope standen nicht untätig da. Sie bündelten ihre Kräfte und unterstützten ihre Eltern mit ihren eigenen Magien. Eamon ließ mächtige Blitze auf Malakar regnen, während Hope mit ihren Illusionen seine Sinne verwirrte.

Der Kampf tobte weiter, und die Familie musste all ihre Fähigkeiten und ihre Zusammenarbeit nutzen, um Malakar zu besiegen. Doch der dunkle Magier war stark und listig und setzte alles daran, um die Familie zu überwältigen.

Plötzlich entfesselte Malakar eine mächtige Flammenwand, die sich um die Familie herum ausbreitete und sie einzuschließen drohte. Heinz und Amara reagierten schnell und bündelten ihre

Magie, um eine Barriere aus Eis zu erschaffen, die die Flammen abwehrte.

„Wie könnt ihr so mächtig sein?!", rief Malakar überrascht aus.

„Unsere Stärke liegt in unserer Zusammengehörigkeit und unserer Liebe zueinander", erklärte Amara.

Die Familie kämpfte weiter gegen Malakar, und nach einem erbitterten Kampf gelang es ihnen schließlich, den dunklen Magier zu bezwingen. Malakar wurde entkräftet zu Boden geschleudert und konnte sich nicht mehr erheben.

„Wir haben es geschafft", sagte Heinz erleichtert.

Doch bevor sie Zeit hatten, sich zu erholen, tauchte eine weitere Gestalt auf der Bergspitze auf - ein mysteriöser Fremder mit einer Kapuze.

„Ihr habt es gut gemacht, junge Magier", sagte der Fremde mit tiefer Stimme. „Aber der Weg ist noch nicht zu Ende. Hinter mir liegt eine weitere Prüfung, die euch erwartet."

Dann überreichte er ihnen eine Karte, auf der der Weg zu einem Schiffswrack eingezeichnet war.

Die Suche nach dem versunkenen Schiffswrack

Die Familie folgte der Karte, die ihnen vom mysteriösen Fremden gegeben wurde. Der Weg führte sie durch dichte Wälder, über steile Klippen und durch reißende Ströme. Schließlich erreichten sie das Ufer eines großen Flusses, der tief und wild tobte.

„Heinz, wie sollen wir unter Wasser nach einem versunkenen Schiffswrack suchen?", fragte Amara besorgt.

„Keine Sorge, meine Liebe", beruhigte Heinz sie. „Ich habe einen Zauber vorbereitet, der uns beim Tauchen hilft. Es wird nicht einfach sein, aber wir werden es schaffen."

Die Familie bereitete sich vor und Heinz wirkte den Zauber, der sie mit einer Luftblase umgab, die sie unter Wasser atmen ließ. Sie tauchten ein und fanden sich in einer anderen Welt, in der Stille und Schwerelosigkeit herrschten.

Unter Wasser sahen sie eine Vielzahl von Fischen und Korallen, die in leuchtenden Farben schimmerten. Doch bald bemerkten sie, dass sie nicht alleine waren. Eine Gruppe von gefährlichen Wassergeistern näherte sich ihnen und begann sie anzugreifen.

Eamon und Hope bündelten ihre Magie und erschufen eine Barriere, die die Wassergeister abwehrte, während Heinz und Amara vorsichtig nach dem versunkenen Schiffswrack suchten.

Nach einiger Zeit entdeckten sie das Wrack eines alten Schiffes, das von Algen und Muscheln bedeckt war. Sie tauchten hinab und untersuchten das Innere des Wracks. Dort fanden sie eine verschlüsselte Schriftrolle, die den Hinweis auf die Ruinen der alten Stadt enthielt.

„Wir haben es gefunden!", rief Amara erfreut aus. „Jetzt müssen wir nur noch diese Schriftrolle entschlüsseln, um herauszufinden, wo sich die Ruinen befinden."

Plötzlich wurden sie von einer Strömung erfasst,

die sie in eine gefährliche Unterwasserhöhle zog. Die Familie musste sich beeilen, um nicht in den engen Felsvorsprüngen stecken zu bleiben.

„Wir müssen uns zusammenhalten!", rief Heinz. „Folgt mir, ich werde uns da herausführen!"

Sie kämpften sich mühsam durch die engen Felsvorsprünge und schafften es schließlich aus der gefährlichen Höhle. Doch nun stand ihnen eine weitere Herausforderung bevor - ein riesiger, gefährlicher Wirbel, der ihre Luftblase durcheinanderbrachte und sie in die Tiefe zu ziehen drohte.

„Wir müssen dem Wirbel ausweichen!", rief Heinz, als er verzweifelt nach einem Ausweg suchte.

Eamon und Hope bündelten ihre Kräfte und erschufen einen Schutzschild, der sie vor den gefährlichen Kräften des Wirbels schützte. Gemeinsam gelang es ihnen, aus der Gefahr herauszukommen und wieder an die Oberfläche des Flusses zu gelangen.

„Ich bin so stolz auf euch, meine Kinder", sagte Amara, als sie wieder Luft schnappten. „Ihr habt euch in dieser gefährlichen Umgebung hervorragend geschlagen."

„Danke, Mama", sagte Hope mit einem strahlenden Lächeln.

„Papa, Mama, ihr habt uns sicher aus diesen Gefahren geführt", sagte Eamon dankbar.

Die Familie erholte sich kurz und machte sich daran, die Schriftrolle zu entschlüsseln.

Amara und Heinz breiteten die verschlüsselte Schriftrolle auf einem Tisch aus und betrachteten sie aufmerksam.

„Diese Zeichen sehen seltsam aus", bemerkte Amara und runzelte die Stirn.

„Ja, es scheint, als ob es sich um eine alte magische Verschlüsselung handelt", stimmte Heinz zu. „Aber ich glaube, wir könnten in der Lage sein, sie zu entziffern."

„Vielleicht sind diese Symbole tatsächlich ein Code, den wir knacken müssen", schlug Amara vor.

„Ja, das könnte sein", stimmte Heinz zu. „Aber um den Code zu knacken, müssen wir verstehen, wie die Verschlüsselung funktioniert."

Sie analysierten die Anordnung der Symbole, verglichen sie mit anderen alten Schriften und überlegten, wie sie miteinander interagieren könnten.

„Vielleicht müssen wir die Symbole in einer bestimmten Reihenfolge lesen", schlug Heinz vor. „Oder sie könnten sich auf andere Wörter oder Konzepte beziehen."

„Vielleicht haben sie auch eine magische Bedeutung, die wir erkennen müssen", fügte Amara hinzu.

„Schau mal, Heinz, diese Symbole könnten einen Hinweis auf die Elemente geben", bemerkte Amara plötzlich und zeigte auf eine Gruppe von Zeichen.

„Das könnte sein! Vielleicht müssen wir die Symbole in Verbindung mit den Elementen setzen, um den Code zu lösen", schlug Heinz aufgeregt vor.

Sie begannen, die Symbole mit den Elementen zu verknüpfen und stellten fest, dass sie tatsächlich eine Bedeutung ergaben.

„Heinz, ich glaube, wir haben es!", rief Amara begeistert aus. „Die Symbole repräsentieren die vier Elemente - Erde, Wasser, Luft und Feuer. Und die Reihenfolge, in der sie angeordnet sind, könnte uns den Weg zu den Ruinen zeigen!"

„Du hast recht, Amara! Wir müssen diese Anordnung mit einer Karte verbinden und sehen, wohin sie uns führt", bestätigte Heinz.

Sie arbeiteten weiter zusammen, kombinierten die Symbole mit einer Karte der Umgebung und erkannten, dass sie den genauen Standort der alten Stadt gefunden hatten.

„Wir haben es geschafft!", sagte Amara freudig. „Jetzt wissen wir, wo wir hingehen müssen."

„Ja, endlich haben wir den Schlüssel zu den Ruinen gefunden", stimmte Heinz zu. „Lasst uns diesen Hinweis nutzen und uns auf den Weg machen."

Amara und Heinz fühlten sich erleichtert und motiviert, da sie endlich einen wichtigen Durchbruch erzielt hatten. Gemeinsam bereiteten sie sich darauf vor, den Weg zu den Ruinen der alten Stadt anzutreten.

Die verlorenen Ruinen

Der Weg zu den Ruinen führte durch dichten Wald und über schroffe Felspfade. Die Luft war erfüllt von einem Hauch von Geheimnis, während sie sich dem Ziel näherten.

„Heinz, kannst du glauben, dass wir endlich hier sind?", fragte Amara mit aufgeregter Stimme.

„Ich kann es kaum fassen, Amara. Die Reise war lang, aber es hat sich gelohnt", antwortete Heinz.

Als sie schließlich die Bäume hinter sich ließen, offenbarte sich vor ihnen eine beeindruckende Szenerie. Verwitterte Säulen und mächtige Mauern ragten aus dem Boden und zeugten von einer einst blühenden Zivilisation.

„Wow, diese Ruinen sind wirklich beeindruckend", sagte Amara, während sie staunend umherblickte.

„Ja, und sie bergen sicherlich viele Geheimnisse und verborgene Schätze", bemerkte Heinz.

Vorsichtig durchstreiften sie die Straßen der Stadt, die von jahrhundertelangem Verfall gezeichnet war.

„Schau mal, Heinz, diese Inschrift hier könnte uns vielleicht mehr über die Geschichte dieser Stadt verraten", sagte Amara und deutete auf eine verblasste Schrift an einer Wand.

Sie untersuchten die Inschrift genauer und versuchten, Hinweise auf die Vergangenheit zu entschlüsseln.

„Es ist schwer zu lesen, aber ich denke, es könnte sich um eine Beschreibung des einstigen Wohlstands und der Magie dieser Stadt handeln", schlug Heinz vor.

Während sie die Ruinen erkundeten, fanden sie weitere Hinweise auf die einstige Pracht der Stadt und stellten Vermutungen über ihre Bewohner an.

„Ich frage mich, ob wir hier auch auf das Amulett stoßen werden", sagte Amara nachdenklich.

„Es ist schwer zu sagen, Amara, aber wir sollten keine Zeit verschwenden und weiter nach Hinweisen suchen", erwiderte Heinz.

Gemeinsam setzten sie ihre Erkundung der verlorenen Ruinen fort, immer auf der Hut vor möglichen Gefahren. Plötzlich hörten sie ein tiefes Grollen und spürten, wie der Boden unter ihren Füßen zu erzittern begann. Erschrocken blieben sie stehen und warfen einen besorgten Blick auf den Boden vor ihnen.

„Das sieht nicht gut aus", murmelte Heinz und deutete auf die Risse im Boden, die sich rasch auszubreiten schienen.

„Wir müssen schnell handeln", riet Amara und zog Eamon und Hope enger an sich.

Gemeinsam suchten sie nach einem sicheren Weg, während der Boden unter ihnen weiter nachgab. Mit schnellen, gezielten Sprüngen und geschickten Bewegungen schafften sie es, den einstürzenden Boden zu überwinden, als sie mit dem letzten Sprung in einem Gang landeten.

„Hoffentlich haben wir alle Fallen überstanden", seufzte Heinz erleichtert, als sie endlich auf festem Boden standen.

Doch kaum hatte er diese Worte ausgesprochen, bewegten sich die Wände langsam aufeinander zu, und sie erkannten, dass sie in eine tödliche Falle geraten waren.

„Da müssen wir durch, bevor die Wände uns zerquetschen!", rief Amara und zeigte auf den schmalen Durchgang zwischen den sich nähernden Wänden.

Eilig eilten sie auf den Durchgang zu, doch die Wände kamen immer näher. „Schneller!", rief Heinz und spürte den Druck der Zeit auf sich lasten.

Eamon und Hope wurden von Amara und Heinz getragen, während sie sich durch den sich verengenden Spalt zwängten. Ihre Herzen schlugen schneller, als die Wände bedrohlich nahe kamen.

„Wir schaffen das!", rief Amara und kämpfte gegen die aufkommende Panik an.

Mit letzter Kraft und einem letzten, energischen Schub schafften sie es schließlich, den Durchgang zu erreichen, gerade rechtzeitig, bevor sich die Wände berührten.

Erschöpft blieben sie auf der anderen Seite stehen und atmeten tief durch. „Das war knapp", stellte Heinz fest, während sich seine Hände leicht vor Anspannung krampften.

„Ja, aber wir haben es geschafft", sagte Amara und lächelte erleichtert.

Die Gruppe setzte ihren Weg fort, wachsam gegenüber weiteren möglichen Gefahren. Während sie durch die Ruinen navigierten, teilten sie ihre Gedanken und Gefühle.

„Diese Fallen sind wirklich hinterhältig“, bemerkte Eamon und wischte sich den Schweiß von der Stirn.

„Ja, aber wir sind stark und schlau genug, um sie zu überwinden“, antwortete Heinz und warf einen entschlossenen Blick auf die Herausforderungen, die noch vor ihnen lagen.

Vorsichtig gingen sie eine lange Treppe hinunter. Die Stufen waren trocken und strahlten eine Temperatur aus, die höher wurde, je tiefer sie kamen.

„Heiß hier unten“, bemerkte Heinz, während er sich umsah und die gefährlichen Feuer ausmachte, die den Weg versperrten.

„Wir müssen durch diese Feuer kommen, aber das wird nicht einfach werden“, sagte Amara, ihre Augen auf die Flammen gerichtet, die den Durchgang versperrten.

Eamon und Hope klammerten sich eng an ihre Eltern, während die Gruppe eine Strategie entwickelte, um die Feuerfallen zu überwinden.

„Vielleicht können wir Wasser verwenden, um die Flammen zu löschen", schlug Hope vor und deutete auf eine nahe gelegene Wasserquelle.

Heinz nickte zustimmend und rief Wasser herbei, das er geschickt auf die Flammen lenkte. Mit einem lauten Zischen erloschen die Flammen, und die Gruppe konnte den Durchgang passieren.

Doch kaum hatten sie die erste Feuerfalle überwunden, wurden sie schon von der nächsten bedroht. Die Hitze stieg erneut, als Flammen in einem rhythmischen Muster vor ihnen aufloderten.

„Wir müssen im richtigen Moment vorbei kommen", sagte Amara konzentriert und studierte die Bewegungen der Flammen.

Gemeinsam beobachteten sie das Muster und warteten auf den geeigneten Augenblick. Als die

Flammen kurzzeitig nachließen, nutzten sie die Gelegenheit, um schnell hindurchzuhuschen.

Sie setzten ihren Weg fort, immer vorsichtig darauf bedacht, den Rhythmus der Flammen zu überlisten. Bei der nächsten Feuerfalle wurde die Gruppe jedoch vor eine noch größere Herausforderung gestellt.

Die Flammen tanzten wild und unberechenbar, und es schien keinen klaren Moment zu geben, um sicher hindurchzukommen.

„Wir müssen es gemeinsam versuchen", schlug Heinz vor, während er seine Kräfte konzentrierte, um die Flammen zu beeinflussen.

Mit einer synchronen Bewegung erzeugten sie einen mächtigen Luftstoß, der die Flammen vorübergehend zurückdrängte. Mit schnellen, koordinierten Schritten überwanden sie die Falle und erreichten sicher den nächsten Abschnitt.

Doch die Feuerfallen waren nicht die einzigen Herausforderungen, die auf sie warteten. Bald darauf wurden Pfeile von den Wänden abgefeuert.

„Vorsicht, hier sind Pfeilfallen", warnte Amara und wies auf die tödlichen Geschosse, die in schneller Folge auf sie zuflogen.

Gemeinsam duckten sie sich, sprangen und rollten, um den fliegenden Pfeilen zu entkommen. Die Pfeile verfehlten sie nur knapp.

„Wie kommen wir da bloß hindurch?", fragte Hope verzweifelt, während sie den Regen von Pfeilen beobachtete.

„Wir müssen den Rhythmus der Pfeile erkennen und im richtigen Moment durchlaufen", sagte Heinz entschlossen und beobachtete die Muster der abgefeuerten Pfeile.

Gemeinsam analysierten sie die Bewegungen und warteten darauf, den richtigen Augenblick zu finden. Mit schnellen Reflexen und präzisen

Bewegungen schafften sie es schließlich, durch den Pfeilregen zu kommen, unversehrt und erleichtert.

So erreichten sie eine Säule mit einer Sanduhr, die rätselhaft in der Mitte des Ganges stand. Auf der Sanduhr waren unzählige winzige Körnchen zu sehen, die langsam von der oberen zur unteren Hälfte rieselten. Amara und Heinz starrten auf das Objekt und versuchten, den Sinn dahinter zu entdecken.

„Ein weiteres Rätsel", murmelte Heinz, seine Stirn in Falten gelegt.

„Vielleicht müssen wir die Sanduhr umdrehen oder stoppen, um zu sehen, was passiert", schlug Amara vor und näherte sich vorsichtig der Säule.

Mit einer behutsamen Berührung drehte sie die Sanduhr um, und augenblicklich hörte das Rieseln der Körnchen auf. Ein bedeutsames Schweigen füllte den Raum.

„Vielleicht ist es ein Hinweis darauf, dass wir die Zeit nutzen müssen, um das Rätsel zu lösen", überlegte Heinz laut.

Eamon, der neugierig näher trat, beäugte die Sanduhr aufmerksam. „Aber wie sollen wir das tun? Wir haben keine weiteren Informationen."

Hope, die auf Heinz' Arm saß, starrte die Sanduhr an und plötzlich schien ihr Blick zu leuchten. „Schau mal, die Sanduhr hat die Form einer Wüste. Und die Körnchen könnten die Sanddünen sein."

Die Erwachsenen tauschten skeptische Blicke aus, doch dann realisierten sie, dass Hopes Überlegung durchaus Sinn ergab. Vielleicht war die Sanduhr nicht nur ein simples Rätsel, sondern enthielt tatsächlich einen Hinweis.

„Du könntest recht haben, Hope", sagte Amara schließlich und lächelte ihrer Tochter stolz zu.

„Das bedeutet, dass die Sanduhr uns den Weg weisen könnte", fügte Heinz hinzu, während er die Karte studierte, die sie von dem Fremden erhalten hatten.

Auf der Karte waren verschiedene Symbole eingezeichnet, und plötzlich erkannte Heinz, dass eines dieser Symbole tatsächlich einer Sanduhr ähnelte.

„Das ist es! Die Sanduhr auf der Karte zeigt den Weg zur Wüste. Wir müssen dieser Richtung folgen", verkündete Heinz freudig.

Die Familie stand einen Moment lang schweigend da, während sie die Erkenntnis verarbeiteten. Dann nickten sie einander entschlossen zu und machten sich auf den Weg, der von der Sanduhr auf der Karte angezeigt wurde.

„Lasst uns hoffen, dass diese Wüste uns näher zu unserem Ziel bringt", sagte Amara und trat voran, gefolgt von Heinz, Eamon und Hope.

Sturmgepeitschte Pfade

Die Gruppe setzte ihren Weg fort, geführt von der geheimnisvollen Sanduhr auf der Karte. Die Landschaft veränderte sich drastisch, als sie tiefer in die Wüste eindrangen. Die goldenen Sanddünen erstreckten sich endlos vor ihnen, und der Himmel war von einer sengenden Hitze erfüllt.

„Dies ist eine der unwirtlichsten Gegenden, die ich je gesehen habe", bemerkte Heinz und wischte sich den Schweiß von der Stirn.

Amara nickte zustimmend. „Wir müssen vorsichtig sein und uns gut vorbereiten. Diese Wüste kann genauso gefährlich sein wie die Prüfungen, die wir bereits bestanden haben."

Eamon und Hope saßen auf Heinz' Schultern und beobachteten neugierig die unwirkliche Landschaft um sie herum. Plötzlich begann der Wind heftig zu wehen, und der Sand wirbelte um sie herum, so dass sie sich schützend die Augen zuhalten mussten.

„Ein Sandsturm nähert sich!", rief Heinz und zog seine Gefährten näher zusammen.

„Wir müssen uns schützen, bevor wir vom Sturm erfasst werden", erklärte Amara und hob ihre Hände. Eine leuchtende Barriere formte sich um die Gruppe herum, die den wirbelnden Sand abwehrte und ihnen Schutz bot.

Der Sturm brach über sie herein, und der Sand prallte gegen den magischen Schutzschild, als wolle er ihn durchbrechen. Die Gruppe duckte sich, um den Sturmböen standzuhalten, und ihre Kleidung flatterte wild im Wind.

„Das hält nicht ewig!", rief Heinz über den Lärm des Sturms hinweg.

„Wir müssen einen Weg finden, diesen Sturm zu überstehen", sagte Amara entschlossen und konzentrierte sich darauf, den Schutzschild auf-rechtzuerhalten.

Plötzlich erhellte ein blendendes Licht den Himmel, und die Sonne brach durch die Wolkendecke. Der Sandsturm verblasste allmählich, und die Gruppe atmete erleichtert auf.

„Das war knapp", murmelte Heinz und ließ den Schutzschild langsam fallen.

„Woher kam dieses plötzliche Licht?", fragte Eamon und sah sich um.

Hope deutete mit ihrem kleinen Finger auf den Himmel. „Schaut! Dort drüben!"

Die Gruppe folgte Hopes Blick und sah in der Ferne die schemenhaften Umrisse eines beeindruckenden Bauwerks.

„Das muss der Tempel sein, den wir suchen!", rief Heinz aufgeregt.

„Lasst uns schnell dorthin eilen, bevor sich der Sturm erneut erhebt", schlug Amara vor, und die Gruppe setzte sich in Bewegung, auf den Tempel zueilend.

Ihr Herz pochte vor Aufregung, als sie die

Umrisse des Tempels näher kamen. Der Sturm hatte sich vorerst gelegt, und der Himmel begann sich zu klären, während die Sonne ihre wärmenden Strahlen auf die Wüste schickte.

„Wir sind fast da", sagte Heinz mit einem breiten Lächeln.

Tempel des Lichts

Die Gruppe stand vor dem majestätischen Eingang des Tempels des Lichts. Die goldenen Säulen und kunstvoll verzierten Tore strahlten im warmen Glanz der aufgehenden Sonne.

„Heinz, Amara, wir haben so viel durchgemacht, um hierher zu gelangen", sagte Eamon, während er den Tempel betrachtete. „Dies ist der Höhepunkt unserer Reise."

Amara nickte zustimmend. „Ja, aber die Prüfungen sind noch nicht vorbei. Der Tempel wird uns sicherlich auf die letzte Probe stellen."

Die Gruppe betrat den Tempel, und ein Gefühl von Ehrfurcht und Ehrfurcht überkam sie, als sie die hallenden Gänge durchquerten und schließlich den Raum der Prüfung der Erleuchtung betraten.

Der Raum war in ein gedämpftes Licht getaucht, das die Sinne der Gruppe täuschte. Sie spürten, wie ihre Schritte auf dem Boden widerhallten, als würden sie sich in einem riesigen Raum befinden, obwohl sie keinen klaren Überblick hatten.

„Das Licht ist hier so schwach, dass ich kaum etwas sehen kann", bemerkte Heinz.

Eamon zog seine Hand durch die Luft und murmelte: „Ich kann das Licht fast fühlen, aber es ist, als würde es sich immer wieder entziehen."

Amara konzentrierte sich auf ihre Magie und erschuf eine schwache Lichtquelle, die den Raum ein wenig erhellen sollte. Doch das Licht schien sich zu verflüchtigen, und der Raum blieb im Halbdunkel.

„Diese Prüfung testet nicht nur unsere Fähigkeiten, sondern auch unseren Glauben und unsere Entschlossenheit", sagte Amara nachdenklich.

Die Gruppe begann den Raum zu durchsuchen, auf der Suche nach der wahren Lichtquelle. Sie folgten den schwachen Spuren des Lichts, das sich durch den Raum zu bewegen schien.

Plötzlich hörten sie eine leise Stimme, die in der Luft zu schweben schien. „Die wahre Erleuchtung kommt von innen. Finde dein inneres Licht und lass es strahlen."

Die Worte hallten im Raum wider, als ob sie von unsichtbaren Wänden zurückgeworfen wurden.

„Wir müssen unser eigenes inneres Licht entfachen", schlug Heinz vor. „Vielleicht können wir den Raum erhellen, wenn wir unsere Magie auf eine ganz besondere Weise einsetzen."

Die Gruppe schloss die Augen und konzentrierte sich tief auf ihre inneren Kräfte. Sie ließen ihre Magie in Form von leuchtenden Kugeln erscheinen, die in der Luft schwebten und einen sanften Glanz verbreiteten.

Langsam begann der Raum zu erhellen, und die Täuschungen und Schatten verschwanden allmählich. Das Licht ihrer Magie durchdrang die Dunkelheit und enthüllte die wahre Lichtquelle: eine zarte Kerze, die auf einem Altar stand.

Die Gruppe trat näher an die Kerze heran, und ein warmes, beruhigendes Gefühl durchströmte ihre

Herzen. Sie entzündeten die Kerze und beobachteten, wie ihr Schein den Raum mit einem klaren, hellen Licht füllte.

„Eine Prüfung der Erleuchtung, die uns lehrte, dass wahres Licht von innen kommt und unsere Entschlossenheit und unseren Glauben widerspiegelt", sagte Amara leise.

Eamon lächelte und fügte hinzu: „Und jetzt, da wir unser inneres Licht gefunden haben, sind wir bereit, das Licht in dieser Welt zu verbreiten und die Dunkelheit zu vertreiben."

Die Gruppe trat aus dem Raum der Erleuchtung heraus und fand sich vor einer weiteren Tür wieder, die sie zum nächsten Teil ihrer Prüfung führte. Sie betraten einen Raum, der sie mit seiner unheilvollen Atmosphäre ergriff. Ein schmaler Steg erstreckte sich vor ihnen über einen Abgrund, der so tief und dunkel war, dass es unmöglich schien, den Boden zu erkennen.

„Ich kann das Gleichgewicht der Magie in der Luft spüren", sagte Amara, während sie den schmalen Steg betrachtete. „Wir müssen sicherstellen, dass wir unsere Kräfte im Gleichgewicht halten, während wir über den Steg gehen."

Eamon nickte zustimmend. „Wenn wir uns zu sehr auf eine Seite neigen, könnten wir vom Weg abkommen und in den Abgrund stürzen."

Die Gruppe trat vorsichtig auf den schmalen Steg und begann langsam vorwärts zu gehen. Jeder Schritt erforderte Konzentration und präzise Kontrolle über ihre Magie.

„Denkt daran, dass wir sowohl das Licht als auch die Dunkelheit in uns tragen", erinnerte Heinz die anderen. „Wir müssen beide Aspekte im Gleichgewicht halten, um sicher über diesen Steg zu gelangen."

Während sie über den Steg gingen, spürten sie, wie ihre Magie in ihnen pulsierte. Das Licht und die Dunkelheit kämpften um ihre Aufmerksamkeit, und sie mussten ihre innere Balance finden, um nicht ins Wanken zu geraten.

„Es ist schwieriger als ich dachte", gestand Eamon, während er einen wackeligen Schritt machte.

Amara nickte und fügte hinzu: „Wir müssen lernen, beide Kräfte in Harmonie zu halten, um nicht den Halt zu verlieren."

Die Gruppe kämpfte sich weiter vorwärts, während sie die Balance zwischen Licht und Dunkelheit suchten. Sie spürten, wie ihre Schritte sicherer wurden, je mehr sie sich an die magische Balance gewöhnten.

Plötzlich wurde der Steg schmaler, und sie erreichten den schwierigsten Teil der Prüfung. Der Abgrund schien noch tiefer zu sein, und der Wind begann heftig zu wehen, als ob er versuchte, sie aus dem Gleichgewicht zu bringen.

„Papa, Mama, wir schaffen das", rief Eamon, während er sich darauf konzentrierte, seine Magie im Einklang zu halten.

Heinz und Amara nickten, und sie setzten ihre Schritte mit Entschlossenheit fort. Ihre Magie leuchtete in einer Mischung aus Licht und Dunkelheit, und sie fühlten sich eins mit den Elementen.

Mit jedem weiteren Schritt fühlten sie, wie ihre Verbindung zur Magie stärker wurde. Der Abgrund schien weniger bedrohlich, und der Wind verlor seine Macht über sie.

Schließlich erreichten sie das Ende des Stegs und standen auf festem Boden. Sie hatten die Prüfung des Gleichgewichts bestanden, indem sie ihre magische Harmonie bewahrt hatten.

Erschöpft, aber erfüllt von einem Gefühl der Stärke, betraten sie den nächsten Raum des Tempels, bereit für die nächste Prüfung, die sie erwartete.

Der Raum, den sie betraten, war gefüllt mit antiken Schriften, Büchern und Rollen. Die Wände waren bedeckt von Regalen, auf denen unzählige

Manuskripte ruhten. Ein Duft von altem Pergament und gealtertem Leder lag in der Luft.

Heinz und Amara tauschten Blicke aus, während sie sich im Raum umschauten. „Dies muss die Bibliothek sein", sagte Heinz leise.

In der Mitte des Raumes lag ein großer Tisch, auf dem ein aufgeschlagenes Buch lag. Die Seiten waren mit komplexen Schriftzeichen gefüllt, die sie nicht auf den ersten Blick entziffern konnten.

„Schauen wir uns die Schriften genauer an", schlug Amara vor und begann, die Regale zu durchsuchen. Sie fand eine Rolle, auf der eine Abbildung eines Amuletts zu sehen war, umgeben von seltsamen Symbolen.

Heinz entdeckte ein altes Buch, das mit einer staubigen Hülle bedeckt war. Er öffnete es vorsichtig und begann zu lesen. „Es sieht so aus, als ob diese Schriften die Anleitung zur Entfaltung der vollen Kraft des Amuletts enthalten könnten."

Amara fand eine weitere Schriftrolle, die von einem roten Band zusammengehalten wurde. „Und hier steht etwas über die Bedeutung der Symbole, die das Ritual begleiten."

Gemeinsam begannen sie, die Schriften zu entziffern und zu übersetzen. Es war eine mühsame Arbeit, die ihre volle Aufmerksamkeit erforderte, aber sie spürten, wie ihr Wissen und ihre Verbindung zur Magie mit jedem Wort wuchsen.

Nach Stunden intensiven Studiums enthüllten sie schließlich das volle Wissen des Rituals. Amara las laut vor: „Um die volle Kraft des Amuletts zu entfalten, muss das Licht des Geistes mit der Dunkelheit der Seele verschmelzen. Das Ritual erfordert die Rezitation der folgenden Formel..."

Heinz nahm das Buch zur Hand und las die Formel vor: „Luminis et tenebris, mentis et animae, converte potentiam in amuletto."

Eamon und Hope hatten geduldig daneben gesessen, während Heinz und Amara die Schriften studierten. „Was passiert, wenn das Ritual missbraucht wird?", fragte Eamon besorgt.

Amara las weiter: „Doch sei gewarnt, dass die Mächte des Amuletts nur von jenen ergriffen werden können, die reines Herz und klaren Geist besitzen. Jeder Versuch des Missbrauchs wird verheerende Konsequenzen nach sich ziehen, indem er das Gleichgewicht der Welt stört und Dunkelheit heraufbeschwört, die nicht kontrolliert werden kann."

„Das ist eine mächtige Warnung", bemerkte Heinz ernst. „Wir sollten äußerst vorsichtig sein. Sobald wir das Amulett haben, müssen wir es gut verbergen, denn die Uedkult werden bestimmt auch danach suchen."

Amara nickte zustimmend. „Ich schlage vor, dass wir das Buch mitnehmen, damit es nicht in falsche Hände gerät."

Eamon stimmte zu und Hope lächelte zustimmend. Gemeinsam rollten sie die Schriften wieder zusammen, verstauten sie sorgfältig und machten sich bereit, weiter nach dem Amulett zu suchen.

Der Raum, in den sie nun eintraten, war anders als alles, was sie bisher gesehen hatten. Er war schlicht und von warmem Licht durchflutet. In der Mitte des Raumes thronte ein Altar, auf dem das Amulett des Lichts lag. Doch um es zu erreichen, mussten sie eine schwierige Prüfung bestehen.

Heinz, Amara, Eamon und Hope standen vor dem Altar und betrachteten das Amulett. Es schimmerte in den Farben des Lichts und sandte einen warmen Glanz aus. „Das Amulett liegt direkt vor uns", sagte Heinz. „Aber es scheint, als ob wir etwas tun müssen, um es zu verdienen."

Eamon nickte. „Ich verstehe. Diese Prüfung wird zeigen, ob wir bereit sind, alles zu geben, um das Licht zu bewahren und die Dunkelheit in mir zu kontrollieren."

Amara trat vor und sah das Amulett an. „Wir müssen zeigen, dass wir der Macht des Amulets würdig sind."

Die anderen stimmten zu und starrten auf das Amulett, während sie überlegten, wie sie die Prüfung bestehen könnten.

Plötzlich erklang eine Stimme in ihren Köpfen. „Die Prüfung der Selbstlosigkeit erfordert von euch, dass ihr diejenige Person opfert, die euch am meisten bedeutet. Ihr müsst bereit sein, das Opfer zu bringen, um die Dunkelheit zu besiegen und das Licht zu bewahren."

Ein unbehagliches Schweigen erfüllte den Raum, während sie die Bedeutung dieser Worte erfassten.

Eamon sah seine Familie an und dann das Amulett. „Es gibt nur eine Person, die ich opfern kann", sagte er leise.

Heinz und Amara verstanden, worauf er hinauswollte. „Nein, Eamon, das kannst du nicht tun", protestierte Amara. „Wir finden eine andere Lösung."

Eamon lächelte traurig. „Es gibt keine andere Lösung. Ich habe diese Dunkelheit in mir getragen und es ist meine Pflicht, sie zu kontrollieren. Ihr habt alle so viel für mich getan. Ihr habt mir gezeigt, was wahre Liebe und Opferbereitschaft bedeuten. Ich kann nicht zulassen, dass die Dunkelheit mich wieder überwältigt."

Hope trat vor und umarmte ihren Bruder. „Ich will nicht, dass du gehst, Eamon."

Er küsste ihre Stirn. „Du wirst immer einen Teil von mir haben, Hope. Ihr alle werdet das."

Amara und Heinz waren inzwischen zu Tränen gerührt. „Eamon, wir sind stolz auf dich", flüsterte Amara.

Heinz legte eine Hand auf Eamons Schulter. „Du wirst immer ein Teil unserer Familie sein. Und wir werden das Amulett nutzen, um dich zu befreien."

Eamon nickte und trat langsam vor den Altar. Seine Hand zitterte, als er das Amulett aufhob und es festhielt.

Die Stimme sprach erneut: „Du hast die Prüfung der Selbstlosigkeit bestanden. Du hast gezeigt, dass du bereit bist, alles zu geben, um das Licht zu bewahren."

Plötzlich floss ein helles Licht aus dem Amulett und umhüllte Eamon. Er fühlte, wie die Dunkelheit in ihm zurückwich und er eine neue Stärke spürte.

Als das Licht abklang, stand Eamon dort mit dem Amulett in der Hand, ein strahlendes Lächeln auf den Lippen. „Ich habe es geschafft."

Die anderen lächelten ebenfalls, voller Stolz und Erleichterung.

Nachdem sie die Prüfung der Selbstlosigkeit bestanden hatten, erhielten sie das Amulett des Lichts. Es lag nun sicher in Eamons Hand, bereit, seine Macht zu nutzen und die Dunkelheit zu besiegen. Doch die Herausforderungen waren noch nicht vorbei, und sie wussten, dass die Uedkult auch das Amulett haben wollten, um die Finsternis zu stärken.

Der Rückweg durch das Dschungelgebiet

Die Prüfungen im Tempel des Lichts waren erfolgreich abgeschlossen, und nun machten sich Heinz, Amara, Eamon und Hope auf den Heimweg. Doch sie waren sich bewusst, dass die Gefahr der Uedkult immer noch über ihnen schwebte. Deshalb entschieden sie sich, einen anderen Weg zurückzunehmen, um ihren Verfolgern zu entkommen.

Der neue Weg führte sie durch ein dichtes, von magischen Kreaturen bevölkertes Dschungelgebiet. Die Bäume waren hoch und das Dickicht war undurchdringlich. Während sie sich vorwärts kämpften, hielten sie ihre Sinne geschärft, um mögliche Gefahren frühzeitig zu erkennen.

„Eamon, bist du bereit, deine neuen Kräfte einzusetzen, wenn wir auf Feinde stoßen?", fragte Heinz und warf einen besorgten Blick auf seinen Sohn.

Eamon nickte entschlossen. „Ja, ich fühle mich stärker denn je. Ich werde alles tun, um uns zu schützen."

Amara zog ihre Waffe und hielt sie fest in der Hand. „Wir müssen wachsam sein. Diese Kreaturen sind unberechenbar."

Hope kuschelte sich eng an ihre Mutter. „Ich habe Angst, Mama."

Amara strich sanft über Hopes Haar. „Es ist in Ordnung, Liebes. Wir sind zusammen und werden einander schützen."

Während sie sich weiter durch das Dickicht kämpften, wurden sie plötzlich von einem lauten Knurren unterbrochen. Vor ihnen stand eine Gruppe von magischen Kreaturen, die aussahen wie halb Mensch, halb Tier. Sie waren bewaffnet und hatten finstere Blicke in ihren Augen.

Heinz trat vor, seinen Stab fest in der Hand. „Bleibt ruhig. Wir können das schaffen."

Die Kreaturen griffen an, und der Kampf begann. Heinz wirbelte seinen Stab und schleuderte Blitzzauber auf die Gegner, während Amara ihre Magie der Heilung nutzte, um Verletzungen zu lindern. Eamon entfesselte seine neuen Kräfte und schickte helle Lichtstrahlen auf die Kreaturen, die sie zurückschrecken ließen. Hope stand eng bei ihrer Mutter und beobachtete aufmerksam die Geschehnisse.

Der Kampf war intensiv und forderte all ihre Kräfte. Doch schließlich gelang es ihnen, die Kreaturen zu besiegen. Erschöpft und keuchend, standen sie vor den Überresten ihrer Gegner.

„Das war knapp", sagte Heinz und wischte sich den Schweiß von der Stirn.

Eamon atmete schwer, aber sein Gesicht strahlte vor Stolz. „Wir haben es geschafft."

Amara lächelte und legte einen Arm um Hope. „Ja, wir sind eine starke Familie."

Sie setzten ihren Weg fort, immer darauf bedacht, sich vor möglichen Gefahren zu schützen. Der Dschungel schien endlos, und sie wussten, dass sie noch einen langen Weg vor sich hatten.

Plötzlich hörten sie ein seltsames Summen in der Luft. Als sie aufblickten, sahen sie eine Horde von fliegenden Kreaturen auf sich zukommen. Ihre Körper glänzten im Sonnenlicht, und ihre Flügel bewegten sich in einem hypnotisierenden Rhythmus.

„Erdrosselnde Wespen", murmelte Heinz und zog seine Waffe.

Die Wespen griffen an, und Heinz, Amara, Eamon und Hope schlugen wild um sich, um die Kreaturen abzuwehren. Aber die erdrosselnden Wespen waren hartnäckig, und sie mussten all ihre Fähigkeiten einsetzen, um sich zu verteidigen.

„Papa, ich kann eine Barriere aus Lichtmagie erschaffen, um uns zu schützen", rief Eamon.

Heinz nickte und sah stolz auf seinen Sohn. „Gut gemacht, Eamon."

Eamon konzentrierte sich, und eine strahlende Barriere umgab sie, die die Wespen fernhielt. Amara nutzte ihre Magie, um die Wespen mit einem Windstoß zu vertreiben, und schließlich waren sie sicher.

Erschöpft sanken sie auf den Boden. „Das war knapp", sagte Amara und atmete schwer.

Eamon ließ die Barriere verschwinden und lächelte. „Aber wir haben es geschafft."

Heinz sah auf die Karte, die sie erhalten hatten, und dann wieder auf den undurchdringlichen Dschungel. „Wir sind auf dem richtigen Weg. Bald werden wir die Brücke erreichen."

Mit neuer Entschlossenheit setzten sie ihren Weg fort, fest entschlossen, die Dunkelheit zu besiegen und das Licht zu bewahren. Während der Dschungel sie weiterhin mit magischen Kreaturen und Gefahren herausforderte, wussten sie, dass sie gemeinsam stark waren und alles überwinden konnten.

Das verfluchte Dorf

Die Reise von Heinz, Amara, Eamon und Hope führte sie tiefer in das Land, das von magischen Mächten durchzogen war. Der Weg war voller Herausforderungen, doch sie gaben nicht auf und kämpften gemeinsam gegen die Finsternis an. Ihr nächstes Ziel war die Brücke, die sie auf die andere Seite der Schlucht bringen sollte.

Auf ihrem Weg kamen sie an einem verlassenen Dorf vorbei. Die Häuser waren verfallen, die Straßen mit Unkraut überwuchert, und ein bedrückendes Schweigen lag in der Luft. Doch etwas in der Ferne lockte sie, und ohne zu zögern, betraten sie das verfluchte Dorf.

„Das fühlt sich nicht richtig an", murmelte Heinz, während sie durch die leeren Straßen gingen.

Amara nickte zustimmend. „Es ist, als ob der Ort von dunkler Magie durchdrungen ist."

Plötzlich hörten sie ein leises Wimmern. Sie folgten dem Klang und fanden sich vor einem alten

Brunnen wieder. Aus dem Brunnen drang ein trauriges, klagendes Weinen.

Eamon trat näher an den Brunnen heran und blickte hinein. „Da ist jemand. Ein Geist vielleicht?"

Hope klammerte sich ängstlich an ihre Mutter. „Geister sind gruselig, oder?"

Amara umarmte Hope sanft. „Manche Geister sind traurig, weil sie Hilfe brauchen. Lass uns sehen, ob wir helfen können."

Sie näherten sich dem Brunnen, und plötzlich materialisierte sich ein wütender Geist vor ihnen. Seine Augen glühten rot vor Zorn, und seine Gestalt schien von dunklen Schatten umgeben zu sein.

„Ihr seid Eindringlinge in meinem Dorf", knurrte der Geist. „Ich werde euch nicht so einfach gehen lassen."

Heinz hob beschwichtigend die Hände. „Wir haben nicht die Absicht, Ärger zu machen. Wir sind auf der Suche nach Antworten."

Der Geist funkelte sie misstrauisch an. „Antworten? Niemand hat sich je um mich geschert. Warum solltet ihr anders sein?"

Amara trat vor. „Weil wir helfen wollen. Was ist mit dir geschehen? Warum bist du so zornig?"

Der Geist senkte den Kopf, und sein Ausdruck wurde traurig. „Ich war einst ein Dorfbewohner. Doch der Fluch dieser Gegend hat mich gefangen genommen. Ich kann nicht weiterziehen, bis mein Zorn besänftigt ist."

Eamon trat vor und sah den Geist fest an. „Wir wollen dir helfen, Frieden zu finden."

Der Geist starrte Eamon an, als würde er seine Absichten prüfen. Dann seufzte er. „Es gibt einen Gegenstand, der mich an diese Welt bindet. Ein altes Medaillon. Wenn ihr es für mich findet und es zerstört, kann mein Zorn endlich vergehen."

Heinz nickte. „Wir werden das Medaillon finden und es zerstören."

Der Geist lächelte traurig. „Danke. Ihr seid die ersten, die sich um mich gekümmert haben. Geht in das verlassene Haus im Osten des Dorfes. Dort werdet ihr das Medaillon finden."

Sie verließen den Brunnen und folgten den Anweisungen des Geistes zum verlassenen Haus. Im Inneren fanden sie das Medaillon, das von einer düsteren Aura umgeben war. Heinz zögerte einen Moment, bevor er seine Magie einsetzte, um das Medaillon zu zerstören.

Ein greller Lichtblitz erfüllte den Raum, und das Medaillon zerbarst in tausend Stücke. Der Geist erschien vor ihnen und lächelte, bevor er langsam in Licht aufging und verschwand.

„Es ist vorbei", sagte Amara leise. „Der Fluch ist gebrochen."

Eamon lächelte. „Wir haben ihm Frieden gebracht."

Sie verließen das verfluchte Dorf, und plötzlich fühlte sich die Luft leichter an, das Schweigen war verschwunden. Ein Gefühl der Zufriedenheit erfüllte sie, als sie ihren Weg fortsetzten, ihre Hoffnungen und Entschlossenheit gestärkt.

Das Duell auf der verzauberten Brücke

Die Reise hatte sie durch gefährliche Labyrinthe, verfluchte Dörfer und magische Wüsten geführt. Doch sie waren entschlossen, ihr Ziel zu erreichen und das Geheimnis des Amuletts zu lüften. Jetzt standen sie vor einer majestätischen Brücke, die über einen tiefen Abgrund führte. Doch etwas war anders an dieser Brücke. Ein unsichtbarer Schleier aus Magie umgab sie, und sie konnten spüren, dass diese Überquerung nicht einfach sein würde.

„Heinz, das ist der Ort, von dem uns die Widerstandskämpfer erzählt haben", sagte Amara leise.

Heinz nickte und betrachtete die Brücke genau. „Der Schutzzauber ist mächtig. Wir müssen ihn brechen, um weiterzukommen."

Eamon runzelte die Stirn und starrte auf die Brücke. „Aber wie machen wir das?"

Hope, die auf Amaras Arm saß, fand den Anblick der Brücke faszinierend. „Bunt, Mama!"

Amara lächelte auf ihre Tochter herab. „Ja, sieh nur hin, Liebes. Die Brücke ist voller Magie."

Heinz trat langsam auf die Brücke und spürte den unsichtbaren Schleier. Er schloss die Augen und konzentrierte sich auf seine Magie. „Es ist, als ob der Zauberer, der diesen Schutzzauber erschaffen hat, noch hier ist. Ich kann seine Präsenz fühlen."

Amara trat neben ihn und legte eine Hand auf seine Schulter. „Gemeinsam können wir es schaffen, Heinz."

Eamon und Hope beobachteten gespannt, wie Heinz und Amara begannen, die magische Barriere zu analysieren. Sie murmelten leise Formeln und Zeichen, während sie versuchten, den Schutzzauber zu entschlüsseln.

Plötzlich spürten sie eine starke Energie, die sich um die Brücke herum manifestierte. Aus dem Nichts erschien ein mächtiger Zauberer mit einem langen, grauen Bart und einem Mantel, der im Wind wehte.

„Das ist mein Werk", sagte der Zauberer mit einer tiefen, grollenden Stimme. „Niemand soll diese Brücke überqueren."

Heinz und Amara drehten sich zu dem Zauberer um, bereit für das Duell.

Der Zauberer hob seine Hand, und ein mächtiger Wind begann zu wehen. Funken sprühten, und die Brücke schien sich zu verändern. Doch Heinz und Amara hielten stand, ihre Magie vereint, um den Angriff abzuwehren.

„Wir werden diese Brücke überqueren", erklärte Heinz entschlossen.

Amara nickte. „Wir werden das Licht verteidigen und die Dunkelheit bekämpfen."

Der Zauberer lachte, doch sein Lachen klang schrill und unnatürlich. „Ihr könnt gegen mich nicht gewinnen. Mein Schutzzauber ist unaufhaltbar."

Heinz und Amara blickten einander an und wussten, dass sie zusammen stark genug waren, um den Zauberer zu besiegen. Sie vereinten ihre Magie und schleuderten einen mächtigen Lichtzauber auf den Zauberer. Der Schutzzauber begann zu erzittern und zu wanken.

Der Zauberer kämpfte verzweifelt, doch die Kraft des Lichts war stärker. Schließlich brach sein Schutzzauber zusammen, und die Brücke leuchtete auf, als der Zauberer in einem gleißenden Licht verschwand.

Heinz und Amara atmeten schwer, aber sie wussten, dass sie den ersten Schritt auf dem Weg zur Wahrheit gemacht hatten. Gemeinsam überquerten sie die Brücke, und die Welt um sie herum schien heller und klarer zu werden.

Eamon und Hope klatschten begeistert in die Hände, und Amara nahm ihren Sohn in die Arme. „Wir haben es geschafft."

Heinz lächelte und umarmte Amara sanft. „Und wir werden noch viele weitere Herausforderungen meistern, zusammen."

Der Kampf um das Amulett

Als sie durch den dichten Wald wanderten, bemerkten sie plötzlich Bewegungen in den Schatten der Bäume. Misstrauisch verengten sie ihre Augen und griffen instinktiv nach ihren magischen Fähigkeiten.

Plötzlich sprangen mehrere Gestalten aus den Büschen hervor und umzingelten sie. Es waren Diebe, das konnte man an ihren finsteren Blicken und den schmutzigen Lumpen, die sie trugen, erkennen.

„Was haben wir denn hier?", spottete einer der Diebe und starrte gierig auf das Amulett, das Eamon um den Hals trug. „Ein schönes Schmuckstück, das du da hast, kleiner Mann."

Eamon klammerte sich ängstlich an das Amulett, während Hope sich schützend vor ihren Bruder stellte.

Heinz und Amara standen entschlossen da, ihre Blicke fest auf die Diebe gerichtet. „Ihr werdet das Amulett nicht bekommen", erklärte Heinz ruhig.

Die Anführerin der Diebe, eine schlanke Frau mit langen, dunklen Haaren, lachte höhnisch. „Ihr seid nur zu viert, und wir sind zahlreicher. Gebt uns das Amulett, und vielleicht lassen wir euch am Leben."

Amara trat einen Schritt nach vorne und hob ihre Hand. „Ihr unterschätzt uns, Diebe. Wir sind mächtiger, als ihr denkt."

Mit einer schnellen Bewegung schleuderte sie einen Blitz auf die Diebe, der in der Mitte explodierte und sie zurückwarf. Die Diebe kreischten vor Schmerz, während Heinz und Amara sich auf den Angriff vorbereiteten.

Doch die Diebe waren nicht so leicht zu besiegen. Mit gezogenen Messern stürzten sie sich auf Heinz und Amara, und ein wilder Kampf entbrannte. Die Magier verteidigten sich mit aller Kraft, doch die Diebe waren geschickt und flink.

Eamon und Hope klammerten sich aneinander und beobachteten den Kampf ängstlich. Plötzlich spürte Eamon eine Woge der Kraft in sich aufsteigen. Seine Augen glühten, und sein Körper wurde von einem goldenen Schein umhüllt.

Mit einem mächtigen Schwall Magie schleuderte Eamon die Diebe zu Boden und rettete Heinz und Amara. Die Diebe waren überwältigt und ergriffen die Flucht.

Heinz und Amara starrten ihren Sohn erstaunt an, während Hope vor Freude klatschte. „Gut gemacht, Eamon!"

Eamon lächelte schüchtern und spürte die Magie, die in ihm pulsierte. „Ich habe das Amulett gespürt, Mama. Es hat mir geholfen."

Amara kniete sich vor Eamon hin und umarmte ihn stolz. „Du bist ein wahrer Magier, Eamon."

Gemeinsam setzten sie ihre Reise fort, das Amulett sicher um Eamons Hals.

Das Geheimnis der Eisskulpturen

Die Reise führte sie weiter durch die unerforschten Lande. Die gefrorene Tundra erstreckte sich, soweit das Auge reichte, und die eisige Kälte kroch in ihre Knochen. Doch sie wussten, dass sie keine Zeit zum Verweilen hatten.

Sie marschierten durch den schneebedeckten Boden und suchten nach dem Weg. Das Amulett, das Eamon um den Hals trug, pulsierte sanft.

Plötzlich sahen sie etwas Ungewöhnliches. In der Ferne ragten seltsame Eisskulpturen aus dem Schnee empor. Die Skulpturen hatten die Form von Tieren, Menschen und anderen Wesen, und sie waren von erstaunlicher Detailgenauigkeit.

„Schaut euch das an", sagte Heinz und deutete auf die Eisskulpturen. „Das sind keine gewöhnlichen Skulpturen. Ich glaube, sie sind hier aus einem bestimmten Grund."

Amara nickte zustimmend. „Es könnte eine Art Wegweiser sein."

Eamon trat näher an eine der Skulpturen heran und berührte sie vorsichtig. Sofort spürte er ein Kribbeln in seinen Fingerspitzen, als ob die Skulptur auf seine Berührung reagierte.

„Ich glaube, ich kann sie beeinflussen", sagte Eamon aufgeregt.

Die anderen sahen gespannt zu, wie Eamon begann, die Eismasse der Skulptur zu verändern. Er konzentrierte seine Magie und formte das Eis langsam um. Die Skulptur begann, sich zu verändern, und nahm eine neue Form an.

Als Eamon fertig war, stand vor ihnen eine Eisskulptur, die eine klare Botschaft zu übermitteln schien. Es war die Darstellung einer Hand, die auf einen bestimmten Weg zeigte.

„Das könnte bedeuten, dass wir diesen Weg einschlagen sollten", schlug Hope vor und zeigte in die Richtung, in die die Eisskulptur zeigte.

Heinz nickte zustimmend. „Es ist einen Versuch wert. Vielleicht führt uns dieser Weg zu unserem Ziel."

Gemeinsam folgten sie dem vom Eis skizzierten Pfad, und tatsächlich schien es, als würden sie auf dem richtigen Weg sein. Die Eisskulpturen führten sie weiter durch die gefrorene Tundra, und sie begannen zu verstehen, dass sie die Skulpturen nutzen konnten, um den Weg zu weisen und Hindernisse zu überwinden.

Mit der Zeit wurden die Rätsel komplexer, und sie mussten ihre Fähigkeiten und ihren Verstand einsetzen, um die Eisskulpturen richtig zu interpretieren. Doch sie waren entschlossen, das Geheimnis dieser eisigen Welt zu entschlüsseln.

Schließlich erreichten sie das Ende der Tundra und blickten auf ein majestätisches Gebirge, das sich vor ihnen erhob. Das Amulett pulsierte stärker denn je.

Der Kampf auf dem Gipfel

Die steinigen Pfade des Gebirges führten sie höher und höher hinauf. Der eisige Wind pfiff um sie herum, und Schneeflocken tanzten in der Luft. Die Anstrengung des Aufstiegs war kaum zu ertragen, aber sie wussten, dass sie keine andere Wahl hatten, als fortzufahren.

Schließlich erreichten sie den Gipfel des Berges, und vor ihnen erstreckte sich ein atemberaubendes Panorama. Die Landschaft war in ein blendendes Weiß getaucht, und die Sonne schien grell vom Himmel herab. Doch inmitten dieser majestätischen Schönheit spürten sie eine unheilvolle Präsenz.

Amara und Heinz tauschten besorgte Blicke aus, als sie die Aura der Dunkelheit um sich herum spürten. Eamon hielt das Amulett fest in seiner Hand, und Hope klammerte sich ängstlich an ihre Mutter.

Plötzlich erschien aus dem Nichts eine Frau, die in einem schwarzen Gewand gekleidet war. Ihr

Haar war so schwarz wie die Nacht, und ihre Augen glühten in einem unheilvollen Grün.

„Heinz Ortin und Amara, die Wächter des Lichts", sagte die Frau mit einer kalten, schneidenden Stimme. „Ihr habt das Amulett des Lichts mitgebracht. Gebt es mir, und vielleicht werde ich euch verschonen."

Heinz trat vor und ergriff das Wort. „Du bist eine Hexe, nicht wahr? Wir werden das Amulett niemandem überlassen, der es für finstere Zwecke missbrauchen will."

Die Hexe lächelte hämisch und streckte die Hand aus. Sofort schossen dunkle Energieblitze aus ihren Fingerspitzen auf Heinz und Amara zu. Doch die beiden waren bereit. Sie hoben ihre Hände und erzeugten einen mächtigen Lichtschild, der die Angriffe der Hexe abwehrte.

Eamon und Hope, die Zeugen dieses erbitterten Kampfes wurden, spürten die Energie, die in ihren Eltern tobte, und sie wussten, dass sie ihren Eltern beistehen mussten. Eamon konzentrierte sich auf das Amulett und spürte, wie seine eigenen magischen Kräfte mit denen des Amuletts verschmolzen.

Mit einem mächtigen Blitz entfachte Eamon eine blendende Lichtexplosion, die die Hexe erfasste und sie zurückwarf. Die Hexe schrie vor Schmerz und Zorn, als die Lichtenergie sie zu verzehren schien.

Amara nutzte diese Gelegenheit und schleuderte mächtige Lichtbälle auf die Hexe, die sie weiter schwächten. Heinz wiederum stürmte auf die Hexe zu und setzte seine magischen Fähigkeiten ein, um sie gefangen zu nehmen.

Die Hexe kämpfte verzweifelt, aber gegen die vereinten Kräfte der Wächter des Lichts und ihres Sohnes hatte sie keine Chance. Schließlich wurde sie von einem strahlenden Lichtschein verschlungen und verschwand.

Erschöpft und erleichtert fielen Heinz und Amara auf die Knie. Eamon und Hope eilten zu ihnen und umarmten ihre Eltern. Das Amulett des

Lichts hatte sie gerettet, und sie hatten bewiesen, dass sie würdig waren, seine Macht zu tragen.

Das Labyrinth der Zeiten

Dort, wo die Hexe verschwunden war, öffnete sich ein Loch in der Wand. Der Eingang zu einer Höhle wurde sichtbar. Hein zündete eine Fackel an und leuchtete damit in die Höhle, bevor sie gemeinsam hineingingen.

Die Höhle war nichts weniger als ein verwirrendes Labyrinth aus Raum und Zeit. Die magische Energie pulsierte um sie herum, und die Wände der Höhle schienen sich ständig zu verschieben, wobei sich auch der Eingang hinter ihnen schloss.

Heinz, Amara, Eamon und Hope standen in der Mitte des Höhlenlabyrinths und blickten sich ratlos an. Vor ihnen erstreckten sich Gänge, die in verschiedene Richtungen führten, und überall hörten sie seltsame Geräusche und flackernde Lichter.

„Das ist unglaublich", murmelte Heinz und versuchte, die vielen Eindrücke zu verarbeiten. „Wir müssen einen Weg aus diesem Labyrinth finden, aber wie?"

Amara runzelte die Stirn und versuchte, sich zu erinnern, was sie über magische Höhlen und Dimensionsverwirrungen wusste. „Ich habe von solchen Orten gehört, aber nie gedacht, dass wir einmal in einem landen würden. Wir müssen unsere Gedanken sammeln und herausfinden, wie wir hier wieder herauskommen."

Eamon betrachtete das Amulett des Lichts in seiner Hand und spürte seine magische Verbindung zur Höhle. „Vielleicht kann das Amulett uns den Weg weisen. Es hat uns schon so oft geholfen."

Hope, die sich an Amaras Arm klammerte, sah ängstlich in die Dunkelheit der Gänge. „Ich habe Angst, Mama. Wann sind wir wieder zu Hause?"

Amara lächelte sanft und strich ihrer Tochter über das Haar. „Wir werden bald wieder zu Hause sein, Liebes. Aber zuerst müssen wir diesen Ort verstehen und meistern."

Gemeinsam begannen sie, die Gänge zu erkunden. Sie stießen auf seltsame Illusionen, die sie in die Vergangenheit und die Zukunft zu führen schienen. Sie sahen Bilder von Ereignissen, die längst vergangen waren, und Visionen von Dingen, die noch geschehen sollten.

„Wenn wir uns zu sehr von diesen Illusionen ablenken lassen, werden wir hier niemals wieder herauskommen", warnte Heinz.

Nachdem sie mehrere Stunden in der verwirrenden Höhle verbracht hatten, entdeckten sie schließlich eine merkwürdige Tür, die in einen dunklen Gang führte. Amaras hoffte, dass dies der Weg nach draußen sein könnte.

Eamon trat vor die Tür und stieß sie vorsichtig auf. Dahinter erstreckte sich eine Landschaft, die ihnen bekannt vorkam. Es war, als wären sie nie in der magischen Höhle gewesen. Sie waren wieder draußen in der Welt, aber sie spürten immer noch die Kraft des Amuletts.

Die Bestien lauern

Der Abstieg aus der magischen Höhle hatte sie an einen neuen Ort geführt, der von rauen, felsigen Hügeln und dichten Wäldern umgeben war. Das Abendlicht tauchte die Landschaft in ein warmes, goldenes Leuchten.

Heinz, Amara, Eamon und Hope machten sich auf den Weg durch diese ungewohnte Umgebung, und ihre Schritte hallten in der Stille wider. Sie hatten das Amulett des Lichts sicher um Eamons Hals gehängt, und es pulsierte sanft im Einklang mit den Herzschlägen des Jungen.

Plötzlich zuckten sie alle zusammen, als sie ein seltsames, heulendes Geräusch hörten. Es klang wie der verzweifelte Schrei eines Tieres. Dann hörten sie weitere Laute - das Knurren und Brüllen wilder Bestien, die durch den Wald tobten.

„Wir sollten uns in Sicherheit bringen", sagte Heinz und zog Amara und die Kinder in Richtung eines nahegelegenen alten Turms. Der Turm war halb verfallen, aber er schien der einzige Ort zu sein, an dem sie sich vor den Bestien verbergen konnten.

Kaum hatten sie den Turm betreten, hörten sie das wilde Heulen der Bestien, die näher kamen. Eamon klammerte sich ängstlich an Amara, und Hope versteckte ihr Gesicht in ihren Händen.

Heinz spähte aus einem der schmalen Fenster des Turms und sah, wie das Rudel wilder Bestien näher kam. Es waren schattenhafte Kreaturen mit glühenden Augen und messerscharfen Klauen. Ihre unheimlichen Schatten tanzten im Dämmerlicht des Waldes.

„Wir müssen hier drinnen ruhig bleiben und hoffen, dass sie uns nicht entdecken", flüsterte Heinz und zog die Familie näher zu sich.

Die Bestien näherten sich dem Turm und schnüffelten in der Luft. Sie schienen verwirrt und unschlüssig, ob sie den Turm betreten sollten. Dann begannen sie, an den verwitterten Mauern zu kratzen und zu knurren.

Amara nahm Eamon und Hope in die Arme und versuchte, sie zu beruhigen. „Alles wird gut, meine Lieben. Wir sind sicher hier drin."

Heinz beobachtete die Bestien und versuchte, ihre Bewegungen zu verstehen. „Es sind magische Wesen, das spüre ich. Vielleicht sind sie auf der Suche nach dem Amulett."

Die Bestien schienen tatsächlich in Richtung des Amuletts gezogen zu werden, das um Eamons Hals hing. Sie kratzten wild an der Tür des Turms und versuchten einzubrechen.

Plötzlich hörten sie ein lautes Knurren von draußen, gefolgt von einem ohrenbetäubenden Krachen. Die Bestien wurden von etwas anderem abgelenkt, und in der Ferne hörten sie einen weiteren Schrei.

„Was zur Hölle ist das?", murmelte Heinz und wagte einen Blick aus dem Fenster.

Was er sah, ließ ihm das Blut in den Adern gefrieren. Ein gigantischer, wolfsähnlicher Geist schwebte über den Bäumen, seine Augen glühend vor Wut. Er schleuderte magische Blitze auf die wilden Bestien und trieb sie davon.

Die Bestien flohen vor dem mächtigen Geist, und bald war der Wald wieder ruhig. Der Geist wandte sich ihnen zu und schien sie direkt anzusehen. Dann verschwand er so plötzlich, wie er aufgetaucht war.

Heinz öffnete die Tür des Turms, und sie traten vorsichtig nach draußen. Der Wald war still und friedlich, als wäre nichts passiert.

„Was war das für ein Geist?", fragte Amara, immer noch von dem Schrecken des Vorfalls ergriffen.

Heinz schüttelte den Kopf. „Ich weiß es nicht, aber ich bin dankbar, dass er uns geholfen hat. Lass uns von hier verschwinden, bevor die Bestien zurückkehren."

Gemeinsam setzten sie ihren Weg fort, während die Sonne langsam hinter den Hügeln verschwand.

Die Begegnung mit den Wasser-wesen

Sie durchquerten weiter den Wald, der von einem klaren Fluss durchzogen wurde. Der Pfad vor ihnen schlängelte sich entlang des Ufers, und die Geräusche der Natur begleiteten sie auf ihrem Weg.

Plötzlich hörten sie ein seltsames, melodisches Singen, das von der Mitte des Flusses zu kommen schien. Die vier blieben stehen und blickten auf das Wasser, wo sie die Umrisse von Kreaturen erkennen konnten, die sich elegant in den Wellen bewegten.

„Papa, Mama, schaut mal", flüsterte Eamon und zeigte auf die Wasserwesen.

Die Wesen hatten schimmernde, fischähnliche Körper, die von schillernden Schuppen bedeckt waren. Ihre langen, welligen Haare, so klar wie das Wasser selbst, hingen in Strähnen um ihre schmalen Schultern. Doch ihre Augen, so tief und dunkel wie der Ozean, strahlten eine Mischung aus Neugier und Misstrauen aus.

Heinz trat einen Schritt vor, die Hände erhoben, um zu zeigen, dass er keine Bedrohung darstellte. „Wir kommen in Frieden", sagte er in die Stille hinein. „Wir haben keine Absicht, euch zu schaden."

Die Wasserwesen, von ihrer Neugierde überwältigt, schwammen näher heran, aber ihre Wachsamkeit war noch nicht verschwunden.

Amara trat neben ihren Mann und fügte hinzu: „Wir sind Hüter des Lichts und suchen Frieden und Harmonie in dieser Welt. Wir tragen das Amulett des Lichts, um gegen die Dunkelheit zu kämpfen."

Die Anführerin der Wasserwesen, eine elegante Kreatur mit schimmernder Haut und langen, fließenden Haaren, neigte den Kopf leicht. „Ihr tragt das Amulett des Lichts?" Ihre Stimme klang wie das sanfte Rauschen des Wassers. „Wir haben von diesem mächtigen Artefakt gehört, aber wir hatten unsere Zweifel, als wir euch sahen."

Heinz nickte und enthüllte das strahlende Amulett, das an Eamons Halsband hing. „Ja, wir sind auserwählt, das Licht zu bewahren und die Dunkelheit zu bekämpfen. Aber wir respektieren die Natur und alle Lebewesen, die in ihr leben."

Die Wasserwesen begannen, in einem leisen, melodiösen Chor zu singen, während sie sich um Heinz, Amara, Eamon und Hope versammelten. Es war ein Gesang, der von Jahrhunderten der Weisheit und Harmonie kündete.

Schließlich beendeten sie ihr Lied, und die Anführerin sagte: „Ihr habt eure friedliche Absicht bewiesen, Hüter des Lichts. Ihr dürft passieren und den Fluss überqueren. Aber vergesst nie, dass die Natur und alle, die in ihr leben, geachtet werden müssen."

Mit einem dankbaren Lächeln überquerten Heinz, Amara, Eamon und Hope den Fluss auf dem Weg zurück in ihre Heimat. Sie hatten eine weitere Prüfung bestanden und gelernt, dass die Macht des Lichts nicht nur im Amulett ruhte, sondern auch in ihrem eigenen Herzen und in der Ehrfurcht vor der Natur, die sie umgab. Ihre Reise war noch nicht vorbei, aber sie gingen mit gestärktem Vertrauen und einer tieferen Verbindung zur Welt um sie herum weiter.

Unter dem Sternenhimmel

Die Dunkelheit senkte sich über den Wald, als Heinz, Amara, Eamon und Hope ein kleines Lager an einem sicheren Ort errichteten. Der Geruch des frischen Tannengrüns erfüllte die Luft, und das Knistern des Lagerfeuers erfüllte ihre Ohren. Die Kinder lagen bereits in ihren Schlafsäcken, in die sie sich nach einem anstrengenden Tag gekuschelt hatten.

Amara brachte einen großen Topf über das Feuer und begann, eine duftende Suppe zu kochen. Die Wärme der Flammen leuchtete auf ihrem Gesicht, und sie sang leise eine Melodie, die von Generation zu Generation in ihrer Familie weitergegeben worden war. Heinz konnte ihre Stimme hören, wie sie durch die Dunkelheit drang, und fühlte sich in diesem Moment besonders gesegnet.

Währenddessen setzte Heinz sich in die Nähe des Lagerfeuers und begann, Schutzzauber zu weben, um das Lager vor ungebetenen Gästen zu sichern. Seine Hände bewegten sich geschickt, während er die Magie des Lichts rief, um unsichtbare Barrieren zu errichten. Es war eine Aufgabe, die er mit großer Hingabe ausführte, denn er wusste, dass sie in dieser unsicheren Welt auf alles vorbereitet sein mussten.

Amara trat zu ihm, als die Suppe köchelte, und legte eine Hand auf seine Schulter. „Das Lager ist gesichert, mein Liebster?"

Heinz nickte und lächelte. „Ja, es sollte uns die Nacht über schützen. Ich habe auch ein paar magische Alarmzauber gesetzt, die uns warnen werden, falls sich etwas nähert."

Amara lehnte sich an ihn und sah auf das Lagerfeuer. „Du bist so unglaublich talentiert, Heinz. Ich bin so stolz auf dich."

Heinz legte einen Arm um sie und drückte sie sanft. „Und ich bin stolz darauf, dich an meiner Seite zu haben, meine Liebe."

Sie setzten sich gemeinsam ans Feuer und begannen, die Suppe zu genießen, die Amara zubereitet hatte. Der warme Geschmack füllte ihre Mägen, und es war ein Moment der Ruhe und Zufriedenheit.

Als die Kinder aufwachten und sich zu ihnen gesellten, begannen sie, Lieder zu singen. Die Flammen tanzten im Rhythmus ihrer Melodien, und es war, als ob die Dunkelheit um sie herum verschwunden wäre.

Heinz und Amara sahen sich an, ihre Hände ineinander verschränkt, und wussten, dass sie gemeinsam jede Herausforderung bewältigen konnten, solange sie zusammenhielten. Unter dem funkelnden Sternenhimmel, umgeben von der Liebe ihrer Kinder, fühlten sie sich unbesiegbar und bereit, jeden weiteren Schritt auf ihrer Reise zu gehen.

Das Labyrinth der Illusionen

Die Morgendämmerung brach über dem Lager der Familie an, als Heinz, Amara, Eamon und Hope sich darauf vorbereiteten, ihre Reise fortzusetzen. Die Luft war frisch und klar, und die Vögel zwitscherten in den Bäumen. Sie packten ihre Sachen zusammen, löschten das Lagerfeuer und überprüften die Ausrüstung.

„Wo führt unser Weg heute hin?", fragte Amara, als sie den Kompass betrachtete.

Heinz betrachtete die Karte und die Sterne am Himmel. „Wir müssen in östlicher Richtung gehen, um unser nächstes Ziel zu erreichen. Aber es wird nicht einfach sein. Der Pfad, den wir nehmen müssen, führt durch das Labyrinth der Illusionen."

Eamon runzelte die Stirn. „Das klingt gefährlich, Vater. Was erwartet uns dort?"

Heinz nickte ernst. „Das Labyrinth ist berüchtigt für seine Täuschungen und Gefahren. Es ist, als ob die Spiegel ihre eigenen Geschichten erzählen und uns in Illusionen gefangen nehmen könnten."

Amara schaute besorgt zu Hope. „Wir müssen besonders auf sie aufpassen. Illusionen können für ein Kind verwirrend sein."

Hope lächelte tapfer und nickte. „Ich werde auf euch aufpassen, Mama."

Gemeinsam brachen sie auf und betraten das Labyrinth der Illusionen. Schon bald wurden sie von einer endlosen Anzahl von Spiegeln umgeben. Die Reflexionen ihrer selbst schienen sich ins Unendliche zu erstrecken, und es war schwer zu sagen, welche die realen waren.

Eamon rieb sich die Augen. „Das ist verwirrend. Wie können wir den richtigen Weg finden?"

Heinz konzentrierte sich und begann, magische Symbole in die Luft zu zeichnen. „Wir müssen lernen, zwischen Realität und Illusion zu unterscheiden. Ich werde versuchen, die Spiegel zu entschlüsseln und den Pfad zu finden."

Amara führte Hope an der Hand und war wachsam gegenüber den sich verändernden Spiegelbildern. Sie sprach beruhigende Worte zu ihrer Tochter, während sie weitergingen.

Das Labyrinth schien lebendig zu werden. Illusionen von vergangenen Ereignissen, verlorenen Lieben und unerfüllten Träumen traten aus den Spiegeln hervor und versuchten, sie zu verlocken oder in die Irre zu führen. Doch Heinz und Amara hielten sich aneinander und an ihrem Ziel fest.

Schließlich, nachdem sie viele scheinbare Sackgassen und Fallen überwunden hatten, entdeckte Heinz den richtigen Weg. Er führte die Familie sicher durch das Labyrinth, vorbei an den gefährlichen Täuschungen.

Hope fragte leise: „Warum konnten wir den richtigen Weg finden, Papa?"

Heinz lächelte stolz. „Weil die Liebe und das Vertrauen zwischen uns stärker sind als jede Illusion, die uns in die Irre führen könnte, meine Kleine."

Am Ende des Labyrinths fanden sie sich auf einem grünen Pfad wieder, der sie weiter in den Osten führte.

Das Labyrinth der lebenden Pflanzen

Der grüne Pfad führte die Familie tiefer in das Land der Abenteuer. Der Weg wurde enger, und bald fanden sie sich am Eingang eines düsteren, unterirdischen Höhlensystems wieder. Das Dunkel schien hier unten dichter zu sein, und das Echo ihrer Schritte hallte in den engen Gängen wider.

Die Wände der Höhle waren mit seltsamen Moosen und Pilzen bewachsen, die sanft glühten und ihnen genug Licht gaben, um ihren Weg zu sehen. Aber bald bemerkten sie, dass die Flora in dieser Höhle lebendig war. Die Pflanzen bewegten sich, streckten ihre Ranken aus und schienen neugierig auf die Eindringlinge zu reagieren.

Eamon beobachtete fasziniert eine der Pflanzen. „Sie sehen aus, als ob sie leben würden, Vater."

Heinz nickte, während er seine Hand vorsichtig von einer neugierigen Pflanze wegzog, die nach ihm griff. „Ja, Eamon, sie sind lebendig. Wir müssen vorsichtig sein, sie könnten gefährlich werden, wenn sie sich bedroht fühlen."

Amara führte Hope an der Hand und betrachtete die seltsamen Pflanzen mit Misstrauen. „Wie finden wir den richtigen Weg durch dieses Labyrinth, Heinz?"

Heinz überlegte einen Moment und sah sich um. „Es wird nicht einfach sein. Diese Pflanzen sind intelligent und könnten versuchen, uns in die Irre zu führen. Wir müssen wachsam sein."

Während sie tiefer in die Höhle vordrangen, bemerkten sie, dass die Pflanzen ihre Wege zu versperren schienen. Ranken wuchsen aus den Wänden und bildeten undurchdringliche Barrieren.

Hope sah ängstlich zu ihrer Mutter. „Was machen wir, Mama? Wir kommen nicht weiter."

Amara berührte sanft eine der Ranken und stellte fest, dass sie sich zurückzog. „Es scheint, als ob sie auf Berührung reagieren. Lasst uns versuchen, einen Pfad zu öffnen, indem wir die Pflanzen sanft berühren, anstatt sie zu zerschneiden."

Gemeinsam tasteten sie sich durch das Gewirr von lebendigen Pflanzen, wobei sie darauf achteten, keine von ihnen zu verletzen. Die Pflanzen schienen auf ihre Berührungen zu reagieren, und allmählich öffnete sich ein Pfad vor ihnen.

Eamon beobachtete die Pflanzen aufmerksam. „Sie sind wie Wächter dieser Höhle, nicht wahr, Vater?"

Heinz nickte. „Ja, Eamon, so scheint es. Wir müssen respektvoll mit ihnen umgehen und uns ihren Regeln anpassen, um sicher hindurchzukommen."

Die Familie setzte ihre Reise durch das unterirdische Labyrinth der lebenden Pflanzen fort, wobei sie vorsichtig auf ihre Umgebung achteten und darauf bedacht waren, keine der seltsamen Gewächse zu verärgern. Die Höhle schien endlos zu sein, und die Dunkelheit, die von den leuchtenden Pflanzen durchbrochen wurde, schuf eine mysteriöse Atmosphäre.

Das Angebot der Nomaden

Die Familie durchquerte weiter das unterirdische Labyrinth der lebenden Pflanzen. Ihre Schritte hallten in den von glühenden Pilzen beleuchteten Gängen wider, und die seltsamen Pflanzen zogen sich zurück, um ihnen Platz zu machen. Es war eine seltsame und unheimliche Welt, die sie durchquerten.

Nachdem sie stundenlang gewandert waren, hörten sie entfernte Stimmen und das Klingen von Zauberformeln. Als sie um eine Ecke bogen, trafen sie auf eine Gruppe von Menschen, die mitten in der Höhle kampierten.

Die nomadischen Zauberer trugen lange Roben und hatten die Luft einer alten Magie um sich. Sie schienen nicht überrascht über das Auftauchen der Familie und empfingen sie mit freundlicher Neugier.

Ein älterer Zauberer mit grauem Bart trat vor und sprach in einer altertümlichen Sprache. Heinz erkannte die Worte und antwortete in derselben alten Sprache.

„Wir sind auf der Suche nach dem Ausgang dieses Labyrinths. Könnt ihr uns helfen?"

Der Zauberer lächelte, und seine Augen glitzerten mit Geheimnissen. „Natürlich können wir euch helfen, aber Magie hat ihren Preis."

Amara trat vor und betrachtete die Nomaden sorgfältig. „Was für einen Preis verlangt ihr?"

Der Zauberer deutete auf das Amulett, das Amara um den Hals trug. „Dieses Amulett. Wir können es stärken, es mit mächtiger Magie aufladen, aber es wird nicht umsonst sein."

Heinz und Amara tauschten einen Blick aus. Das Amulett war ein Erbstück von unschätzbarem Wert, und sie hatten gehofft, es in den Ruinen der alten Stadt nutzen zu können. Aber der Ausweg aus diesem Labyrinth schien schwer zu finden zu sein.

Hope schmiegte sich an ihre Mutter. „Das Amulett ist wichtig, Mama. Aber wir wollen auch sicher herausfinden."

Die Familie zog sich in eine Ecke des Höhlenlagers zurück, um zu beraten. Sie wussten, dass das Amulett ein mächtiges Werkzeug war, aber sie wussten auch, dass die Nomaden ihnen vielleicht den Ausweg aus diesem gefährlichen Labyrinth zeigen konnten.

Heinz sprach leise zu seiner Familie. „Wir haben keine andere Wahl. Wir müssen zustimmen. Aber wir werden sicherstellen, dass das Amulett nur stärker wird, ohne seine Reinheit zu verlieren."

Amara nickte zustimmend. „Wir werden ihr Angebot annehmen."

Die Familie kehrte zu den nomadischen Zauberern zurück und stimmte ihrem Handel zu. Der Zauberer führte sie in eine Ecke des Höhlenlagers, wo ein uralter Altar stand. Dort begannen sie ein mächtiges Ritual, bei dem das Amulett in den Mittelpunkt gestellt wurde.

Während des Rituals fühlten Heinz und Amara die Energie des Amuletts anschwellen, und es schien, als ob es mit dem Wissen und der Kraft der Nomaden durchtränkt wurde. Die Magie umhüllte sie, und sie spürten, wie das Amulett stärker wurde, ohne seine Reinheit zu verlieren.

Als das Ritual abgeschlossen war, überreichte der Zauberer das Amulett an Amara. „Nun, es ist stärker, aber es ist immer noch euer Amulett. Möge es euch auf eurem Weg schützen."

Die Familie bedankte sich bei den Nomaden und machte sich bereit, den Ausgang aus dem Labyrinth zu finden. Mit dem verstärkten Amulett und der Hilfe der Nomaden waren sie zuversichtlich, dass sie den Weg aus dieser gefährlichen Unterwelt finden würden.

Die Herausforderungen des Drachen

Sie fanden den Weg zum Ausgang des unterirdischen Labyrinths und atmeten erleichtert auf. Doch vor ihnen erhob sich ein mächtiger Drache, dessen schimmernde Schuppen im fahlen Licht der Höhle glänzten. Seine Augen funkelten voller Intelligenz und Macht.

Der Drache senkte seinen gewaltigen Kopf und sprach mit einer tiefen, donnernden Stimme. „Ihr seid nicht die ersten, die diesen Weg genommen haben, aber ihr könnt nicht einfach so gehen. Bevor ihr diesen Ort verlassen könnt, müsst ihr meine Herausforderungen bestehen."

Heinz und Amara tauschten einen Blick aus, bevor sie sich dem Drachen stellten. „Welche Herausforderungen verlangst du von uns?", fragte Heinz.

Der Drache neigte seinen Kopf leicht. „Drei Herausforderungen werde ich euch stellen. Ihr müsst mindestens zwei davon meistern, um zu gehen."

Das Rätsel des Wissens

Der Drache blies einen Hauch von heißer Luft aus, der in den Gängen widerhallte. „Um die erste Herausforderung zu bestehen, müsst ihr euer Wissen unter Beweis stellen. Beantwortet meine Frage korrekt, und ihr habt diese Aufgabe gemeistert."

Er hob seinen gewaltigen Kopf und stellte die Frage: „Welche Kreatur kann die Sterne berühren?"

Heinz und Amara dachten angestrengt nach, aber keine Antwort kam ihnen in den Sinn.

Hope, die zwischen ihren Eltern stand, runzelte die Stirn und murmelte leise: „Das sind Vögel, Mama."

Amara wandte sich an den Drachen und antwortete: „Die Antwort ist Vögel. Sie können die Sterne am Himmel berühren."

Der Drache lächelte, und es schien, als ob seine Augen freundlicher wurden. „Das ist falsch. Vögel können zwar fliegen, aber bis zu den Sternen kommen sie nie. Ich komme meineem Essen schon näher."

Die Stärke des Herzens

Der Drache senkte seinen Kopf, bis er nur wenige Meter über dem Boden schwebte. „Für die zweite Herausforderung müsst ihr eure Bereitschaft zeigen, anderen zu helfen, selbst wenn es bedeutet, euch selbst in Gefahr zu bringen."

Plötzlich wurde der Boden unter ihnen instabil, und ein lautes Dröhnen erfüllte die Höhle. Überall um sie herum brachen Stalaktiten herab, und die Gänge verwandelten sich in ein Labyrinth aus herabfallenden Felsen.

Die Familie suchte Schutz unter einem erhöhten Felsvorsprung, während die Felsen um sie herum niedergingen.

Dann hörten sie ein Klagen, das aus der Dunkelheit kam. Ein verängstigter Schrei. Ein junger Mann war in den einstürzenden Gängen gefangen.

Heinz blickte zu Amara und dann zurück zu dem einstürzenden Gang. „Wir müssen ihm helfen."

Amara nickte entschlossen und erhob sich, gefolgt von Heinz und Hope. Sie bewegten sich schnell und vorsichtig, um den jungen Mann zu erreichen, der verzweifelt nach Hilfe rief.

Gemeinsam zogen sie ihn aus den Trümmern und brachten ihn in Sicherheit, gerade als der letzte Felsblock herabstürzte.

Der Drache beobachtete die Rettungsaktion aufmerksam. „Ihr habt die zweite Herausforderung bestanden. Ihr seid bereit, anderen zu helfen, selbst wenn es Gefahr bedeutet."

Der Opferwille

Der Drache erhob sich wieder und faltete seine gewaltigen Schwingen. „Für die dritte Herausforderung müsst ihr euren Opferwillen unter Beweis stellen. Ihr müsst bereit sein, etwas von gleichem Wert wie eure Freiheit zu geben, um zu gehen."

Heinz und Amara tauschten einen besorgten Blick aus. Die erste Herausforderung hatten sie bestanden, aber die dritte schien fast unmöglich.

Plötzlich verfinsterten sich die Augen des Drachen. „Ihr habt erst eine Herausforderung bestanden, und seid noch nicht bereit für eure Freiheit. Wenn ihr keine Gabe anzubieten habt, dann werde ich euch als Gabe nehmen."

In diesem Moment trat Amara vor, das Amulett in ihrer Hand. „Ich biete dir dieses Amulett an, das mit der Macht der Nomaden verstärkt wurde. Es ist von unschätzbarem Wert, aber wir sind bereit, es zu opfern, um unsere Freiheit zu erlangen."

Der Drache betrachtete das Amulett sorgfältig und schien die darin enthaltene Magie zu erkennen. Nach einem Moment des Schweigens nickte er.

„Sehr gut. Ihr habt den Opferwillen gezeigt, den ich gesucht habe." Der Drache nahm das Amulett vorsichtig mit einer seiner Krallen und begann, es mit seiner eigenen Magie zu durchdringen.

Nachdem das Amulett erneut verstärkt wurde, gab der Drache es an Amara zurück. „Ihr habt eure Prüfungen bestanden. Geht nun und möge das Amulett euch auf euren weiteren Reisen schützen."

Die Familie verbeugte sich vor dem mächtigen Drachen und machte sich auf den Weg, endlich die Freiheit und das Licht der Sonne wiederzufinden.

Das Gift des Sumpfes

Die Familie hatte den unterirdischen Bereich hinter sich gelassen und war in eine unheimliche Sumpflandschaft geraten. Der Boden war schlammig und trügerisch, und die Luft war von einem süßlichen, fauligen Geruch erfüllt. Überall um sie herum ragten knorrige Bäume aus dem Wasser, ihre Wurzeln wie verheddterte Tentakel.

Amara zog Hope enger an sich heran, während sie sich vorsichtig durch den Sumpf kämpften. „Pass auf, Liebes, dieser Ort ist gefährlich. Wir müssen vorsichtig sein."

Heinz nickte zustimmend und beobachtete aufmerksam die Umgebung. Der Sumpf schien lebendig zu sein, und sie spürten, dass sie beobachtet wurden.

Plötzlich brach der Boden unter ihnen ein, und sie rutschten in Richtung eines dunklen, trüben Teichs. Heinz konnte gerade noch rechtzeitig einen magischen Schutzzauber wirken, der sie vor dem Aufprall bewahrte.

Der Teich schien jedoch nicht leer zu sein. Schlangenartige Kreaturen mit grün schimmernden Schuppen und leuchtenden Augen schwammen im Wasser und zischten drohend.

Heinz und Amara tauschten einen besorgten Blick aus. „Das Wasser scheint vergiftet zu sein", bemerkte Amara. „Wir sollten uns fernhalten."

Sie kämpften sich weiter durch den Sumpf, aber das Vergiften der Luft und das Schlängeln der giftigen Schlangen machten es zu einem gefährlichen Unterfangen. Plötzlich wurde Hope von einem Ast ergriffen und in die Höhe gezogen. Eine fleischfressende Pflanze hatte sie ergriffen.

Heinz eilte zu ihrer Rettung und zerschnitt die rankenartigen Tentakel der Pflanze mit einem magischen Lichtschwert. „Du darfst dich von keiner Gefahr verschlucken lassen, Hope."

Nach Stunden des Durchquerens des Sumpfes kamen sie schließlich an einen verfallenen Tempel. Hier, so hofften sie, würden sie den antiken Schutztrank finden, der sie gegen die Gifte des Sumpfes immun machen würde.

Im Inneren des Tempels entdeckten sie eine verwitterte Inschrift, die auf den Standort des Trankes hinwies. Sie folgten den Anweisungen und fanden schließlich eine verborgene Kammer, in der der Schutztrank in einem geschnitzten Kristallgefäß ruhte.

Vorsichtig nahmen sie den Trank und tranken ihn. Sofort fühlten sie, wie eine Welle von Stärke und Vitalität durch ihre Adern strömte. Die Gifte des Sumpfes hatten keine Macht mehr über sie.

Mit ihrem neu gewonnenen Schutz setzten sie ihren Weg fort, während der Sumpf hinter ihnen in Dunkelheit und Geheimnissen versank.

Im Verborgenen

Die Familie eilte durch den sumpfigen Wald und konnte die schweren Schritte der Kopfgeldjäger hören, die ihnen hartnäckig folgten. Die Gedanken an die Uedkult, die sie jagten, trieben sie voran, aber sie wussten, dass sie einen sicheren Zufluchtsort finden mussten.

Schließlich erreichten sie einen versteckten Eingang zu einer alten Höhle, der von wildem Wein und Efeu überwuchert war. Amara öffnete die verrostete Eisentür mit einem Zauber, und sie traten in die Dunkelheit ein.

Die Höhle erstreckte sich tief in den Berg hinein, und der Gang war mit leuchtenden Pilzen beleuchtet. Sie eilten weiter, bis sie einen riesigen unterirdischen See erreichten, dessen Wasser von einem schwachen blauen Glühen erfüllt war.

„Heinz, das ist der Zufluchtsort, von dem uns die Nomaden erzählt haben", flüsterte Amara aufgeregt. „Hier können wir uns verstecken und die Kopfgeldjäger abhängen."

Heinz nickte zustimmend und versuchte, ihre Spuren zu verwischen, indem er den Boden der Höhle mit einem magischen Nebel verhüllte. Dann leuchtete er mit seinem Zauberstab auf die Wand des Höhlensees, wo sie ein kleines, hölzernes Boot entdeckten.

Sie stiegen ins Boot und ruderten auf den leuchtenden See hinaus. Das Wasser glitzerte und schimmerte, als ob es von Sternen beleuchtet wäre, und sie fühlten sich sicherer, je weiter sie sich vom Eingang der Höhle entfernten.

Doch die Kopfgeldjäger gaben nicht auf. Bald hörten sie das Echo von Stimmen und den Klang von Stiefeln, die auf den Boden stampften. Die Verfolger hatten den Eingang zur Höhle gefunden und folgten ihnen auf das Wasser.

Amara warf einen Blick zurück und sah die Fackeln der Kopfgeldjäger näher kommen. „Wir müssen schneller rudern, Heinz."

Heinz zog die Ruder kräftig durch das Wasser, und das Boot beschleunigte. Die Kopfgeldjäger holten jedoch auf, und bald konnten sie die Stimmen der Verfolger hören.

Plötzlich stieg eine dicke, graue Nebelbank aus dem Wasser und umhüllte das Boot. Die Kopfgeldjäger fluchten und verlangsamten ihre Verfolgung, als der Nebel ihre Sicht behinderte.

Die Familie nutzte die Gelegenheit und ruderte weiter in den Nebel hinein. Als der Nebel sich lichtete, befanden sie sich an einem geheimen Ufer, das von dichten Bäumen und Sträuchern verdeckt war.

Sie verließen das Boot und schlichen sich in den Wald, um sich im Verborgenen vor ihren Verfolgern zu verstecken.

Der lebendige Wald

Die Bäume waren hoch und mächtig, ihre Rinde dunkel und rau.

Amara trat vorsichtig näher an einen der Bäume heran und legte sanft ihre Hand auf seine Rinde. Sie spürte, wie der Baum pulsierte, als ob er lebendig wäre.

„Heinz, diese Bäume sind anders. Sie sind lebendig", sagte sie und zeigte auf den Baum vor sich.

Heinz untersuchte den Baum genauer und nickte. „Ja, das sind sie. Es sieht so aus, als würden sie die Pflanzen und Tiere hier bewachen."

Die Familie setzte ihren Weg durch den Wald fort, doch die Bäume schienen sich ihnen in den Weg zu stellen. Einige neigten ihre Äste bedrohlich, als ob sie die Familie davon abhalten wollten, weiterzugehen.

Amara versuchte, mit den Bäumen zu sprechen. „Wir sind keine Bedrohung für euch. Wir respektieren die Natur und suchen nur einen Weg durch diesen Wald."

Heinz hörte ein sanftes Murmeln in seinem Kopf. „Sie sind misstrauisch. Sie haben in der Vergangenheit schlechte Erfahrungen mit Menschen gemacht. Wahrscheinlich sind die Uedkult auch schon in diesem Wald gewesen."

Die Familie versuchte, den Bäumen zu zeigen, dass sie keine Bedrohung darstellten. Sie sangen Lieder und sprachen beruhigende Worte. Langsam schienen die Bäume nachzugeben und öffneten schmale Pfade, die es ihnen ermöglichten, weiterzugehen.

Doch plötzlich erwachte der Wald zum Leben. Die Bäume bewegten sich, ihre Äste griffen nach der Familie, und Wurzeln schlängelten sich um ihre Beine, um sie festzuhalten.

„Wir müssen uns verteidigen", rief Heinz und begann, magische Barrieren um sie herum zu errichten. Amara und die Kinder taten dasselbe, und so schafften sie es, sich aus den klammernden Ästen und Wurzeln zu befreien.

Aber der Wald gab nicht so leicht auf. Die Bäume begannen, Blätter und Äste auf sie zu werfen, und der Boden bebte unter ihren Füßen.

„Wir müssen einen Weg finden, den Wald zu beruhigen", rief Amara und sah sich verzweifelt um.

Heinz hörte erneut das leise Murmeln in seinem Kopf. „Die Bäume sind verärgert über die Zerstörung, die die Menschen in der Natur angerichtet haben. Sie wollen sicherstellen, dass wir keine weiteren Schäden verursachen."

Amara schlug vor: „Vielleicht können wir ihnen versichern, dass wir die Natur respektieren und nur durch diesen Wald gehen, um Gutes zu tun."

Die Familie begann, mit den Bäumen zu sprechen, und versprach, die Natur zu schützen und zu ehren. Langsam schienen die Bäume nachzugeben und ließen die Familie passieren.

Als sie den Wald verließen, spürten sie, wie sich die Bäume wieder beruhigten. Die Familie bedankte sich bei den lebendigen Bäumen und versprach, ihr Versprechen zu halten.

Da öffneten die Bäume einen Platz, an dem sie ihr Lager für die Nacht aufschlagen konnten. Am nächsten Morgen zogen sie weiter. Die Bäume öffneten ihnen einen Pfad, der sie sicher aus dem Wald hinausführte.

Flug über die Berge

Die Familie fand sich am Fuße einer gewaltigen Gebirgskette wieder, die den Horizont überragte. Es war klar, dass sie diese Berge überqueren mussten, um nach Hause zu kommen.

„Wir können unmöglich zu Fuß über diese Berge gelangen", sagte Heinz und betrachtete die schroffen Gipfel. „Aber ich habe von einer magischen Kreatur gehört, die hier in den Bergen lebt und die uns möglicherweise helfen kann."

Amara nickte zustimmend. „Die Magie der Kreatur könnte uns sicher über die Berge tragen. Aber wie sollen wir sie finden?"

Heinz flüsterte: „Ich kann die Magie der Kreatur fühlen. Sie ist hier irgendwo in der Nähe. Sie hat Angst vor den Menschen. Wir müssen sie beruhigen und ihr zeigen, dass wir keine Bedrohung sind."

Gemeinsam suchten sie in den Bergen nach der Kreatur, bis sie schließlich auf eine große, schimmernde Eule stießen, die auf einem Felsvorsprung saß. Die Eule hatte smaragdgrüne Augen und glänzende Federn, die im Sonnenlicht schimmerten.

Heinz trat vorsichtig näher und sprach beruhigende Worte. „Wir sind Freunde, keine Feinde. Wir brauchen deine Hilfe, um über diese Berge zu fliegen."

Die Eule schaute ihn skeptisch an, aber nachdem sie in die Augen von Amara geblickt hatte, schien sie ihre Angst zu verlieren. „Ihr seid Magier", sagte sie mit einer sanften Stimme. „Was bringt euch hierher?"

Heinz erklärte ihre Situation und die Notwendigkeit, die Berge zu überqueren, um nach Hause zu gelangen.

Die Eule dachte einen Moment nach und sagte dann: „Ich kann euch über die Berge tragen, aber ihr müsst mir versprechen, die Natur zu schützen und niemals gegen sie zu kämpfen."

Die Familie stimmte zu, und die Eule breitete ihre mächtigen Flügel aus. Jeder kletterte auf ihren Rücken, und mit einem mächtigen Flügelschlag stiegen sie in die Lüfte auf.

Der Flug über die Berge war atemberaubend. Sie flogen über schneebedeckte Gipfel, durch Wolken und über klare Bergseen. Die Eule führte sie sicher über gefährliche Winde und wirbelnde Strömungen.

Während des Fluges sprachen sie über ihre Abenteuer, die hinter ihnen lagen. Die Eule hörte aufmerksam zu und gab ihnen Ratschläge für ihren weiteren Weg nach Hause.

Schließlich landeten sie sicher auf der anderen Seite der Berge. Die Eule nickte zufrieden und sagte: „Haltet euer Versprechen und respektiert die Natur. Werdet nicht wie die Uedkult, die mit ihrem Wahn alles Leben zerstören. Ich wünsche euch viel Glück auf eurer Reise."

Die Familie bedankte sich herzlich bei der Eule.

Gefangen im Käfig der Kopfgeld- jäger

Nachdem sie die gefährlichen Berge und die majestätische Eule hinter sich gelassen hatten, setzte die Familie ihren Weg fort. Das Land wurde allmählich flacher, und sie konnten bereits die Umrisse eines dichten Waldes in der Ferne erkennen.

Amara, Heinz und die Kinder waren erschöpft von den zahlreichen Prüfungen, die sie auf ihrer Reise bestanden hatten. Trotzdem waren sie fest entschlossen, ihr Ziel zu erreichen und das Amulett des Lichts vor den Uedkult zu schützen.

Während sie sich auf den Wald zubewegten, bemerkten sie, dass ihnen eine Gruppe von Reitern auf Pferden folgte. Die Reiter trugen dunkle Kleidung und hatten finstere Gesichter.

Heinz warnte die anderen: „Wir werden immer noch von den Kopfgeldjägern verfolgt. Wir müssen uns in Sicherheit bringen, bevor sie uns einholen."

Die Familie beschleunigte ihre Schritte, aber die Kopfgeldjäger ließen nicht locker. Sie holten auf und umstellten die Familie, als diese den Wald erreichte.

„Wir haben euch endlich gefunden", sagte der Anführer der Kopfgeldjäger mit einem fiesen Grinsen. „Ihr könnt uns das Amulett des Lichts freiwillig überlassen, oder wir werden es euch mit Gewalt nehmen."

Die Familie wusste, dass sie die Magie in dieser Situation nicht verwenden konnte, da die Kopfgeldjäger Magie schnell erkennen und neutralisieren konnten. Sie hatten nur ihre Geschicklichkeit und ihren Einfallsreichtum, um sich aus dieser gefährlichen Lage zu befreien.

Heinz hatte eine Idee und flüsterte den anderen zu: „Ich habe eine Idee. Wir können den Wald nutzen, um uns zu verstecken und dann versuchen, die Kopfgeldjäger zu überlisten."

Amara nickte zustimmend, und die Familie bewegte sich vorsichtig in den dichten Wald. Die

Kopfgeldjäger verfolgten sie, aber sie konnten sich zwischen den Bäumen verstecken und ihre Spuren verwischen.

Plötzlich hörten sie die Kopfgeldjäger vorbeireiten. Die Familie hielt den Atem an und harrte aus, bis die Reiter außer Hörweite waren.

Heinz flüsterte: „Wir müssen ihnen einen Schritt voraus sein und einen sicheren Weg aus diesem Wald finden."

Amara, die eine besondere Verbindung zur Natur hatte, schlug vor, den Fluss im Wald als Orientierungspunkt zu nutzen. „Folgen wir dem Fluss nach Norden, und er wird uns aus diesem Wald führen."

Die Familie machte sich auf den Weg, wobei sie darauf achtete, keine Spuren zu hinterlassen. Sie folgten dem Flusslauf, bis sie schließlich den Wald verließen und sich auf freiem Gelände befanden.

Doch die Kopfgeldjäger waren ihnen immer noch auf den Fersen. Sie hatten die Familie wieder eingeholt und umzingelten sie erneut.

„Heinz, wir müssen einen Ausweg finden", flüsterte Amara besorgt.

Heinz sah sich um und bemerkte eine Gruppe großer Felsbrocken in der Nähe. „Dort drüben, bei den Felsbrocken, könnten wir uns verschanzen und einen Plan schmieden."

Die Familie erreichte die Felsbrocken und kauerte sich dahinter zusammen. Die Kopfgeldjäger hatten sie zwar umzingelt, aber sie waren noch nicht entdeckt worden.

„Wir müssen warten, bis sie nachlassen und sich weiter voneinander entfernen", sagte Heinz leise.

Die Familie wartete geduldig, bis die Kopfgeldjäger ihre Pferde beruhigt hatten und sich etwas verteilten. Dann sahen sie ihre Chance.

Heinz flüsterte: „Jetzt ist unsere Gelegenheit. Wir werden uns aufteilen und in verschiedene Richtungen rennen. Die Kopfgeldjäger werden verwirrt sein und uns nicht alle auf einmal verfolgen können. Später treffen wir uns dann am Fluss wieder."

Die Familie nickte zustimmend und teilte sich blitzschnell auf. Sie rannten in verschiedene Richtungen, wobei sie den Kopfgeldjägern eine wilde Verfolgungsjagd lieferten.

Nachdem sie die Kopfgeldjäger abgehängt hatten, trafen sie sich am Fluss.

Erschöpft, aber erleichtert umarmten sie sich und waren entschlossener denn je, ihr Ziel zu erreichen und die Welt vor der Dunkelheit der Uedkult zu bewahren.

Das Licht am Ende des Weges

Nach unzähligen Abenteuern und Gefahren kehrte die Familie endlich in ihre Heimat zurück. Das Haus, das sie verlassen hatten, schien in der Abenddämmerung genauso friedlich und vertraut zu sein wie damals, als sie aufgebrochen waren. Doch die Last ihrer Reise und die Dunkelheit, die sie ständig bedrohte, hatten Spuren auf ihren Gesichtern hinterlassen.

Heinz führte die Familie in das Wohnzimmer. Die Stimmung war gespannt, aber auch voller Entschlossenheit. Sie wussten, dass es an der Zeit war, die Macht des Amuletts zu nutzen, um Eamon zu retten und die Dunkelheit zu vertreiben, die sich in ihm eingenistet hatte.

Amara hielt das Amulett in ihren Händen und spürte die pulsierende Energie darin. Sie schloss die Augen und konzentrierte sich, während Heinz und die Kinder sie unterstützten.

„Heiliges Amulett des Lichts, wir rufen deine Macht herbei", begann Amara mit ruhiger Stimme, ihre Worte durchdrungen von einer tieferen, uralten Weisheit. „Lass dein Licht die Dunkelheit vertreiben und unserem geliebten Eamon Frieden bringen. Möge deine heilende Kraft die Finsternis besiegen und uns wieder Hoffnung schenken."

Eine sanfte, warme Glut begann sich um das Amulett zu winden, sich ausbreitend und den Raum mit einem strahlenden Licht erfüllend. Die Familie spürte die Energie, die von dem Amulett ausging, und fühlte, wie sie von einer heilenden Wärme umhüllt wurden.

Auch Eamon wurde von dem Licht umhüllt. Seine Augen, die zuvor von Finsternis verdunkelt waren, leuchteten nun wieder klar und rein. Er lächelte, und in diesem Lächeln lag eine Welt von Dankbarkeit und Liebe.

„Heute Nacht habe ich meinen Frieden gefunden", sagte er leise, seine Stimme von der Dunkelheit befreit. „Ich danke euch für eure Liebe und euren Mut, mich aus der Finsternis zu retten."

Die Familie umarmte sich herzlich, die Last der vergangenen Ereignisse von ihren Schultern fallend. Sie hatten ihr Ziel erreicht und das Licht triumphierte über die Dunkelheit.

In den nächsten Tagen kehrte das normale Leben langsam zurück. Der Alltag kehrte ein, aber die Familie hatte sich für immer verändert. Sie trugen die Erinnerungen an ihre epische Reise und die Wärme des wiedergefundenen Glücks in ihren Herzen.

Weitere Bücher

Heinz Ortin

Band 1: Der Turm der Magier   9783752824964
E-Book   9783751925396
Band 2: Licht und Finsternis   9783752891881
E-Book   9783757844738

Stella – die Reisefee

Band 1: Stellas Sternenreise   9783757851859
Band 2: Stellas Reise durch Italien – Rom, Florenz, Sorrent, Amalfiküste   in Kürze

Bücher ohne Serie

Magische Liebe mit Todesfolge   9783739208329
E-Book   9783739299884
Sternengeschichten für Kinder   9783757821067
E-Book   9783756854899
Blöde Fragen – Blöde Antworten
E-Book   9783738638424